M A
REINE

JEAN-BAPTISTE
ANDREA

而
只 我
有
你

[法]让-巴普蒂斯特·安德烈 ————— 著

陈潇 ————— 译

湖南文艺出版社
HUNAN LITERATURE AND ART PUBLISHING HOUSE

博集天卷
CS-BOOKY

献给 贝雷奈西

目　录
Contents

楔子

Contents

楔　子

　　我感觉自己正在下坠……下坠……但我忘记了原因。好像我一直在下坠中。我眼冒金星，脚底发软，四肢摇晃，想要拼命抓住什么，可抓到的只是空气。人在潮湿的气流中打转。

　　我一直很享受飞一般的速度，风在指间呼啸而过。我又回想起在学校跑百米的情景，那是唯一他们不笑话我的场合，我可以利用自己腿长的优势跑赢所有人。但这一次，我的双腿没派上用场，整个人硬生生倒下了。

　　有人在远处叫了起来，我必须想起——"为什么我会在这里?"这很重要！没有人会无缘无故倒下。我向后看了看，但这说明不了什么。因为一切都在不断变化，它们变化得如此之快，以至于我想哭。

　　我想我肯定做了一件十分愚蠢的事情，然后被骂了一番，也有可能更糟糕，虽然我觉得没有什么是比被骂更糟糕的了。当麦克雷揍我的时候，我整个人蜷缩成一团，因为这样不会太疼。现在我只能等，这一切迟早会结束的！

　　这是 1965 年的夏天，这辈子最长的夏天，而我一直在跌倒。

Part 01

第一部分

我的风总是跟我讲同一个故事。

但是我晚点还会回来，因为我还没有遇见薇薇安。

第一章

　　我不断地听到有人重复说我只是个孩子，而且说这样很好，但是事情还是不可避免地发生了。我想向他们证明我是一个男人——那种经常出现在电视上的会打仗的男人。当加油站关门的时候，爸妈经常坐在这台老式的电视机前吃饭。

　　那时候，我们住在阿斯峡谷的边界，一个被普罗旺斯遗忘的角落，经过峡谷的人并不多。我们的加油站只有一个破旧的挡风板和两个加油泵。以前，父亲会时不时地把加油泵擦得锃亮，但是由于他年纪越来越大，客人又不多，这项工作就被放弃了。我想念闪闪发光的加油泵！自从上次清洗加油泵全身被淋湿后，我就再也没有独自擦拭它们的权利了。母亲责骂我们——父亲和我，一个是懒惰的丈夫，一个是迟钝的儿子，我们是她的累赘。确实，她有很多的事情要做，尤其是沾有油污的衣物需要清洗。当时我拿着一个水桶，水一下子全部泼在我身上。事情就是这样，我也无能为力。

爸妈话很少。加油站的后面有一堵父亲从未涂完的四方形砖墙。家里只有电视机的声音、母亲穿皮拖鞋在地毯上走动的声音、山上的风穿梭在峭壁和我房间墙壁之间的声音。但是我们三人之间无话可说，我们已经把该说的话都说完了。

姐姐一年来看我们一次。她比我大十五岁，已经结婚了，住得很远。不管怎样，她在地图上指给我看她的住处的时候，我感觉那里挺远的。每次她来，最后都是以和父母吵架收场。她认为在这样的角落设立一个加油站，对我来说并不妥当。我不是很理解，因为在我看来，加油站除了脏兮兮的加油泵，其他都很好。姐姐离开后，我经常看地图，想象她住的城市有什么更好的东西。

有一天，我问了她这个问题。她摸着我的头对我说，在她的城市，我会有年龄相仿的朋友，也会有可以说话的同伴，也许有一天我还会遇到一个女孩。我比她想象的更了解女人，但我什么也没说。姐姐接着说，爸妈年纪大了，当他们不在的时候，我该怎么办？我知道当人们说"他们不在"的时候，是指他们永远回不来了。我说我可以一个人经营加油站，她假装相信了，但是我很清楚她在说谎。想到能够有一天把加油泵洗得发亮，我心里窃喜。

有一点，姐姐说得没错：我没有朋友。离这儿最近的村庄也要十公里。自从我不去上学，学校的小伙伴便从我的视线里消失了，从我眼前经过的只有那些来加油的司机。我穿着一件父亲给我的夹克衫，后背印有"壳牌"字样，得意扬扬地给他们的油箱加满油。直到有一天，我们被"壳牌"公司发现销量太差，只能被迫将汽油换成一个意大利牌子，跟"壳牌"毫无关系。但我还是穿着这件夹克衫。顾客会跟我聊天，他们人很好，经常会有人塞钱给我，爸妈允许我留着自己赚的小费。我们甚至有一些常客，比如马蒂，但是我们没有朋友。

我在这里过得很开心，不会被打扰。

是一根香烟让我离开了这里。

峡谷刚经历了严冬，之后直接入夏，可怜的春天仿佛消失了。这是我从以前一个客人那儿听来的，他的说法实在太滑稽了，他说的就像是在我的房间和后山之间穿梭的风一样。

在我所有的任务中，有一项是要在标着字母"C"的屋子里添加厕纸——"W"标志已经掉了，我们并没有把它重新挂上去，因为我们发现"W"标志用来做托盘非常合适。厕纸也就是剪成方形的报纸。剪报纸是我喜欢做的事，不过要注意不能把父亲没有读完的报纸剪掉。有一次，就因为这个，我被打了一耳光，他要我把报纸的体育版块重新贴好。当发现他所关注的比赛结果的那张纸被顾客用掉了的时候，他又给了我一耳光。

已经两点了。那天只有一辆车经过，是一辆蓝色的 4L 越野车，我清楚地记得这辆车。山上像加油站后面的薄钢板一样炙热。我花了一个小时剪报纸，然后走进了"C"屋，因为有人需要纸。我一进这个小房间就憋住了气，因为我从小就厌恶难闻的气味。即使"C"屋好几天都没人用，那里的气味依旧令人恶心，它散发着腐烂的泥土的气味，让人联想到死亡，还有母亲堆放在天竺葵周围混合了各种材料的肥料。天竺葵是加油站里唯一的花，它经常会枯萎，但是母亲每次都会把枯萎的花替换掉。父亲责怪她，说就是这些肥料把天竺葵害死了，但母亲从来不听。

离开小木屋时，我发现有一盒香烟掉在水槽下面了，里面还有两根烟。我从没抽过烟，我父亲总是讲述在战争期间，一个家伙在加油的时候抽烟，结果引火上身，最后花了整整一个蓄水池的水才灭掉火。每一次消防员以为火已经熄灭了，结果这个家伙身上又燃起来了。加油站的水泵上方有一个巨大的标志：

一根巨大的烟头被画了一道红色。

但是我离水泵很远，离家也很远。出于安全考虑，我来到小破屋后方的海角。我身上有火柴，用来烧小虫子是挺有用的。有一天，一个加油的客人看见我在烧虫子，骂了我一句"残忍的浑蛋"，但我记得在学校的时候我们还解剖过活的青蛙，我不觉得这有什么不一样。"你才是个残忍的浑蛋"，我这样回复他，然后哭着离开了，他也没有"嘘"我。母亲跑去跟那个人说话。那个残忍的浑蛋，我远远地看着他们，他们的肢体动作很夸张，尤其是母亲。那个男的倒没怎么说话。最后，什么都没发生，那个家伙离开了。当确定他看不见我的时候，我就脱下裤子朝他示威。

我像西部牛仔那样点燃了烟，抽了两口之后，呛到不行。这比八岁溺水那次还要糟糕。那是我唯一记得的假期，我们那次去了湖边，一位女士把我从水里救了出来。除了被呛到，我还觉得嗓子眼像着了火一样。

　　我扔掉烟头，它落在一堆松针上。我想把烟头踩灭，但是它跳了起来，松针着了火，一团巨大的红色和黄色的火焰瞬间包围了我的鞋子。我大叫起来，母亲跑出来，父亲也跑出来了，他马上明白发生了什么！在这里，火灾可不是开玩笑的。他拿了灭火器，我从没见他跑得这么快，他已经不年轻了。最后，只是地面有一块儿烧焦了，没什么大事，加油站离得比较远。这是我父亲说的："离得比较远。"母亲狠狠教训了我一番。父亲本来也是想揍我的，但他现在不敢下手，因为我长大了。

　　我大吼说我不是孩子了，母亲回答说我还是，只要我还住在她的房子里，我就永远是个孩子，我要按照她的指令去做事，我这十二岁的脑瓜子最好记住她的话。

　　那天晚上，他们打电话给我姐姐。我在门后什么都听到了。他们以为声音很小，但因为他们本身有点耳背，他们以为的小声其实是很大声。他们用的是家里的胶木制大电话——他们唯一允许我打扫的物品，因为它摔不碎，也不需要浇水。我一天擦好多次，电话就像新鲜的沥青一样发着光，光是看着它我心情就很好。可他们用我最喜欢的电话打给姐姐，这种行为就好像他们背叛了我两次。

他们对我姐姐说，她说得对，他们现在年纪太大，没法照顾小孩儿，要她派个人过来。他们说我又差点引起火灾！我不记得这事以前有发生过。我姐姐说话时，房间很安静，我明白他们会来找我。我不知道什么时候，也许明天，一个月后，甚至一年后，对我而言这没有什么区别。他们会来，这才是最重要的。

于是，从那天开始，我决定上战场。

第二章

我有个计划。在战场上，我所向无敌，军功显赫。等回来之后，每个人都得承认我是个成年人。在战场上，人们可以抽烟，电视上都是这样的，不用担心会着火，战场已经是一片火海。唯一让我担心的事情，就是士兵们看起来有点脏，我担心自己会不适应。我需要一支步枪和每天都干干净净的鞋子，不然我会哭的。

等我回来，人们只想带我回家，也许还会给我一个大卧室，在那里可以看到水泵。母亲并不需要，她比我个子小，她可以睡我的小房间。

　　问题就是我不知道去哪里打仗。我只知道战场离这里很远，因为我问过母亲，她回答说："很远。"

　　对我来说，离得很远意味着得从高原出发，那里正对我房间的山顶。人们从那里爬上山谷，但是有捷径，一条古老的小路，连猎人都不敢走，因为太危险了。我曾经爬过一次，山的另一边是一望无垠的草地，就像一片海洋，让人眩晕。暴风雨的晚上，我想象高原被云笼罩，水倾倒在我们身上，把全部家当都冲走了，醒来时我们坐在阿斯峡谷的谷底。

　　说了这么多，不如行动起来。因为人们都知道，参加战争很有可能是有去无回的。如果我早知道，我就会待在家里，每晚听着从水泥砖缝传来的西风声。也许就没有接下来的事情了，也不会有薇薇安，那个有着一双闪亮眼睛的女王，说话声就像是高原的风声，我的风总是跟我讲同一个故事。但是我晚点还会回来，因为我还没有遇见薇薇安。

　　吃晚饭的时候，我对父母说：

"我走了。"

父亲没回复我，因为他的电视剧刚刚开始。母亲让我把扁豆吃完，不要一边吃饭一边说话。这样最好，如果他们命令我留在家里，我反而会泄气。

然而，离开加油站，我还是有点伤心。我在这里度过了一生，我不认识其他地方，在这里我感觉很好。父亲还说，不管哪里，都跟这里差不多。我的成长伴随着汽油和机油的味道。有时候，我们在一个小小的工作室里修理除雪机。那是我喜欢的味道，现在我无比怀念。

以前，当我从学校回来时，我穿着一件旧旧的连体裤，母亲手工缝制的。我装作帮父亲干活，有时候，他让我给他递个工具，只不过是为了让我开心，因为我总是拿错工具。

之后，我被迫离开学校，父亲得给我找点事情做。从那时开始，我被允许穿着"壳牌"夹克衫给客人加油。妈妈说客人喜欢这样，穿上夹克衫让我看起来比较像"土豪"，虽然不知道这个词是什么意思，但我感觉做"土豪"很酷。

　　我说过我有点了解女人，虽然我不被允许讲这些事情，但我还是得把在加油站发生的事讲出来。出发前一晚我回顾了这一切。有一天，我坐在厕所后面的高处，无所事事，把玩着手里的物品。一辆漂亮的小轿车停下来，一位女士去厕所，她的老公在付加油费。当她掀起裙子的时候，从我的角度正好可以透过天窗看到里面，那个时候她也正好看到了我。

　　我想象自己如兔子一样飞奔跑开。但事实上，我坐在那里像个傻瓜一样看着她。我以为她会大叫，结果她笑了，她把手滑到双腿之间，母亲说过不应该碰的地方，她看着我，摸了很长时间，脸色有点奇怪。我不知道持续了多长时间，我想我晕倒了。无论如何，等我醒来的时候，她已经不在那里了，而我裤子湿了。

　　我以前也有过这样的经历。有一次，我在森林里发现了猎人扔下的杂志，内页因为雨水的浸泡已经膨胀了。里面全是裸女，我一下子热血上头。后来我把杂志埋在松树下，经常翻看。但这次的小轿车事件，是我第一次面对真正的女人。我当然知道这不是名副其实的"面对面"，但直觉告诉我这不是小孩子的事情，也再次证明我已经是个男人了。

这就是我那一晚想到的事情，同时我在准备出发去战场的背包。我有一整箱衣服，多到不知道选哪一件好。每年都会有一个写着我名字的大箱子送到家里，里面装满了我从未见过的表哥们穿过的衬衣、外套和裤子。母亲重新改过，但没用，我穿着还是太大了，我很讨厌这些衣服，它们闻起来有陌生的洗衣粉的味道，还有我不喜欢的化学品味道。起码要洗十遍，我才愿意穿。可不管怎样，我没的选。要么穿这个，要么不穿，我把能穿的全塞进了背包。

我打包的行李只差一件东西，也是最重要的——武器。父亲在客厅的沙发床上打呼噜，母亲睡在卧室里。我经过沙发，打开弗米加壁柜，拿了一把22式猎枪，这是父亲用来打兔子的，还有盒子里的几发子弹。我把这些全部放到了口袋里。他们还得给我几发子弹，光是我手里的还不够杀敌。他们还得教我怎么用枪。我在家是被禁止碰枪的。我把枪握在手里，心里明白一切都不再是从前那样了。

突然，父亲坐起来了。他直勾勾地看着我，我以为我死定了，结果他又坐下了，翻了个身继续打呼。我低下头，发现自己双脚之间有个水洼。

我应该换身衣服，但这样会浪费我宝贵的时间。我终于打开了卧室的窗户，可只能弯下腰去触碰那块岩石。那块石头很光滑，阳光从来照不到这里。闹钟的短针转动了，指向一点钟。我穿上"壳牌"的夹克衫，点亮又熄灭床头灯，就这样重复做了三次。如果每晚睡觉前不这样做，我害怕自己会在深夜里死去。

然后我跨过窗台，转过身，最后看了一眼加油站。之后，眼前的风景就只有工作室后面的松树林了。

这次诀别之后，我只再见过加油站一次。

第二部分

我只能体会当下的感觉，
如果弄伤了自己，我会哭；如果嘴里嚼着糖果，我会感到很幸福。

第三章

战争的硝烟散去。他是天才，他是杰出人物。人们不停地对我说这些话。现在我得承认我是个怪人。以前我可不是这样的。我虽然不这样想，但其他人这样认为。

从外形来看，我是个正常人。当我洗完澡照镜子时，我会觉得自己长得还不错。如果我把湿漉漉的头发梳到后面，看起来还有点像没有胡子的狄亚哥·德·拉维格。我说话的时候，大家也都听得懂。如果有人给我膝盖一脚，我的腿会抬起来，就像看到松树下的杂志时会不自然起生理反应。只有我的脑袋跟其他人不同。我爸妈带我去马利热看医生时，巴戴医生是这样解释的。

父亲把阿尔法·罗密欧[1]的照片拿给我看，这样对我说："打个比方，你就是这辆车，但马达只有 2CV[2]。"他问我是否听懂了，我回答"是的"，但其实内心不确定。一个拥有漂亮跑车的家伙，他需要理会马达吗？一辆车如果能跑，我就看不出有什么问题，而且它是红色的，如此帅气。

当然，有时候我也想要一台更强劲的马达。不用是八缸，但至少应该是四缸。当我有麻烦的时候它可以帮我一把。我没法数数，当我想写单词时，所有的字母在我脑袋里就像一团乱麻，我的胳膊在打架，最后我笔下的文字就像是一盘意大利面，杂乱无章。没办法，我只能离开学校。连最简单的事情，我都办不到。通常来说，我要被送到一家特殊教育学校。人们会给

1　译注：Alfa Romeo Giulietta是意大利汽车制造商 Alfa Romeo在 1954—1965 年的车型，具体型号为 101 型和 750 型。

2　CV是意大利的一个功率单位，ICV 约合 0.74 千瓦。

我们一个小册子，上面全是孩子们站在大走廊里的照片，人们把手放在他们的肩膀上微笑着。但是在我们那个地方，没有这样的学校，大家也无所谓，我是第一个！所以我就来到加油站工作。也许我写的字像意大利面，但没人像我这么会加油。我可以通过声音知道何时油箱加满了，我可以不浪费一滴油。我很想看巴戴医生加油，这肯定很有趣，我会忍不住笑出来的。我还可以嘲笑他，还有他所谓的奢侈的马达。

我记不住东西，甚至那些至少是我本该记住的。有时候，我记得某些无意义的细节，比如父亲工具箱放大镜的摆放顺序，但是我记不住号码。学校离我很遥远，加油站的生活也离我很遥远，我站起来，在松树林中呼吸。如果有人说"一个月前"或者"十年后"，我搞不清楚这些时间点跟现在的联系，我只能体会当下的感觉，如果弄伤了自己，我会哭；如果嘴里嚼着糖果，我会感到很幸福。

我还是有擅长做的事情的。我力气很大，因为我总是在室外搬重物，如轮胎或者木柴。我喜欢干这事——扛东西，因为我比谁都能干。我还会爬树，有一次我在加油站后面的峭壁上爬得太高，母亲看见我都晕倒了。我下来时被训了一顿，父亲甚至打掉了我的一颗牙。幸好那只是颗乳牙。

那天晚上明亮如白昼，我从松树林出来，很容易就找到了那条小路。悬崖上白色粉笔的伤痕就像一个巨大的字母 Z，多亏了佐罗，这是我唯一认识的字母。我很小心地避免发出声音，以前每次被人抓到时，结局都很惨。

我开始爬山，在半路停了下来，气喘吁吁。我不记得爬山有这么辛苦。最后一次，我一鼓作气爬上去，我觉得自己一直能爬到天边去，心怦怦直跳。

再也看不见加油站了。我认出了通往我家那条路的桥，我甚至可以用手遮住它，因为它实在是离我太远了。我既感到害怕，又感到兴奋。山谷里，父母在睡觉。高原上方应该四处都有枪弹，但我什么都听不到。我想起来还要赶路，因为上一次我站在这里看着眼前的高原时，只有一片宽阔无边的草地和密密匝匝的羊群。我要走到更远的地方，甚至是山的另一边，找到军队所在地，让他们知道我是不好惹的。我可没时间浪费。

太好笑了，我没有一刻不想他们会来找我。当薇薇安晚点跟我提到这事时，这也是再明显不过的事了。但我没有想太多，那是另一个问题。我安静地上路，将父亲的 22 式猎枪背在肩上。

在那个时候，我才意识到我忘记了背包，里面装满了我的"战争物品"。

▶▶

天旋地转。我不知道自己身在何处。脚下的路缩成一团，我用尽全力靠在悬崖上。浑身湿漉漉，一会儿冷，一会儿热，我很想吐。我很怕摔倒，但有个声音对我说"一切都会好起来"，我只需要跳下去，这样的话，我就再也不会害怕任何事了。没有人再带我回家，没有人再叫我笨蛋。那个声音轻声说道："跳吧，跳吧。"我像蜘蛛一样抓住岩石缝。我闭上眼睛，但这样更糟糕，整座山开始转起来，我的头陷入虚空中，脚下踩空了。我更加想吐了。

　　我听从了那个声音，放开了双手。

第四章

我朝加油站方向落下去，突然想起之前也发生过同样的事情。那次不是从悬崖跌落，而是一次焦虑症发作。

我几乎忘了那次遭遇。圣诞节，学校组织了一场晚会。老师询问每个人想做什么，大家都想扮演小基督，最后是塞德里克·路基拿到了那个角色，奇怪的是，他是班上个子最高的。大家都在争夺角色，最后只剩下驴子。老师问谁想演驴子，有人喊了我的名字，大家哈哈大笑。我无所谓，我回答说我愿意演驴子，大家笑得更夸张了。

老师没有笑，他甚至给了我一句台词："动物们向你致敬，圣童。"我一直记得这句话。其他人看到驴子也会说话，就没笑了。大家穿上了来自剧院的真正的戏服。

圣诞节那天晚上，大家在全体村民面前表演节目。塞德里克·路基的小腿比马厩的食槽还高，他的袜子上有个洞。马丁·巴里尼扮演羊羔，不停地把大家往台前推。轮到我的时候，我穿着驴子的戏服往前走，突然，我感觉到了一阵恐慌，就像这次在悬崖上一样，因为大家都看着我。我习惯了他们用别样的眼光看着我。爸妈说我就像在西部片中被射杀一样，突然倒下，像马一样僵硬。天使们把我拉下了舞台。而我只记得塞德里克·路基袜子上的洞，它大到可以把我吞掉。我再次睁开眼睛，眼前是很多个脑袋，神父的脑袋在中间。他问我还好吗，我回答："动物们向你致敬，圣童。"然后把晚餐的扁豆都吐出来了。

我深深吸了一口夜间的空气，那是一股教堂、石板、麻花头混杂在一起的苦涩的味道。我落在谷底，没有死。路没有消失，还在那里。路在我手下，坚硬且苍白。我只是擦伤了脸颊。但我的枪没了。我应该是在松手时扔掉了枪，它消失在空中。

我靠在悬崖边，缓了口气。到时候，我跟他们说我要参战，他们肯定会笑死。他们会问我："你的武器呢？"我得说出真相。我忘记拿战争用品，搞丢了我的枪，还经历了一次焦虑症发作。如果我现在回去，我肯定会被痛打一顿。我必须拿到两倍的勋章，才能忘记丢枪的打击。

我的情绪很复杂，眼睛闭得紧紧的。我不能回到加油站，这是肯定的。如果我回去，会被人发现我是晚上出门的，而且猎枪不见了。所以我必须继续上路，还要找个地方吃饭，可惜了背包里的那块肉酱三明治。

我让自己站起来。在重新出发之前，先确定自己的双脚还能站得住，强壮有力的双腿带着我前进，我不能泄气。

当我到达山顶时，天还是黑漆漆的。我不知道过了多长时间，但我确定还是同一晚。高原跟我记忆中的一样，只是草坪是光秃秃的。每个角落都有山峰，山脉之间的草坪一望无垠。

我喜欢这个地方，因为我不喜欢事物有所改变，至少不要变成发光的东西。我沉浸在草堆的味道中。

终于天亮了，我朝光芒看过去。那是一摊红色的水，在地平线升起，流淌在高原上，还有一边没有封闭，这就是我刚刚差点摔倒的高原，尽管很明显我不是很了解它。

突然，红色的光变成了白色，整个高原开始发光，这是世界上最美的地方。一块巨大的岩石耸立在田野上，我走过去背靠着它睡觉。在闭上眼睛之前，我模糊地看到岩黄芪开出一朵巨大的紫色花。在枝干上，一只粉色的金龟子朝着太阳爬过去。

动物们向你致敬，圣童。

第三部分

她很瘦，仿佛一阵风就可以把她带走。

她的金发很短，额前一束长长的刘海，像男孩子的发型。

第五章

太阳光让我醒过来，它白白的手指按着我的眼皮。我用胳膊遮住了眼睛，想继续睡。身边是一片寂静，只有微风在草地上吹过的声音，但在这一片寂静中，还有一样东西，被风吹出了形状，我最终睁开了眼睛。

她坐在岩石上看着我，下巴撑在膝盖上，双臂环抱着。我跳了起来，她也是。我们长时间对望，不知道要怎么办。

"我以为你死了。"她最先开口。

她说话的嗓音很有趣，跟小女孩的身形不太符合。她很瘦，仿佛一阵风就可以把她带走。她的金发很短，额前一束长长的刘海，像男孩子的发型。真正打动我的是她的双眼，我十分惊讶，因为她的双眼看起来很愤怒，而我什么都没做。

我回答说我没有死。我希望她让我一个人待着，我需要思考，这是我这辈子第一次睡在远离父母的地方，我需要思考一下才能明白这意味着什么，我确信这很重要。她没有让我独自待着，而是皱着眉头看我，但跟其他人第一次看到我时吃惊的表情不同。这点让我很生气，因为这表情是新的，而我不太喜欢新鲜的事物。

她告诉我她的名字，但其实我什么都没问。她叫作薇薇安。当我想说出我的名字时，她没让我开口。

"你很痛吗？"

我摸了一下脸颊，粗糙且带着硬块，之前我从悬崖边掉下来时把脸蹭伤了，的确有点痛。我哼唧了一下。然后她指着我的夹克衫，我那件漂亮的黄色夹克衫，背上印着红色的字。

"贝壳，这是个有趣的名字。"

然后她笑出了声。她的笑声真可爱，清新、舒畅。但是我不叫贝壳。壳牌是汽油品牌，我告诉她。她才不管，她喜欢贝壳这个名字，其他名字都配不上我，都太丑了。我只能放弃告诉她我的名字。

"你才丑呢。"我回答。

我一下子找不到更好的说辞，就这样脱口而出。薇薇安咬紧了牙齿，从岩石上跳下来。我以为她要扑向我。我很强壮，但是她看起来非常愤怒，我没有把握。她开口时，声音让我想到了风声。

"我允许你说话。"她说道。

"我想说就说。"

"我讨厌你。"

"我也是。"

她望着天空，看起来在思考，然后又看向地面。她用脚尖在地上戳出一个洞。

"你在干什么?"

我使出全身力气,让自己看起来很强壮。

"我要去打仗。"

"哪场战争?"

我嗤之以鼻。哪场战争?她不看电视吗?

"电视上的那场。"

"为什么?"

这些问题让我很累,我感觉好像被她打了一顿,虽然她都没有碰到我。

"男人嘛,要上战场。"我是这样回答的。

她朝地上吐了口痰,这个动作跟她小女孩的身份很不相符,但很适合她怒气冲冲的样子。她继续问我:

"为什么?"

"什么为什么?"

"你要成为一个男人。"

我不知道怎么回答，她直接帮我回答了。

"你就是个瘦骨嶙峋的傻瓜蛋。这就是为什么。"

我不认识"瘦骨嶙峋"这个词，但我知道"傻瓜蛋"是什么意思。我可不高兴了，握紧了拳头。

我马上看出来她害怕我。以前，我总跟父亲出去打猎。有一次，马尔泰的儿子被猎枪打中了，因为人们把他当成了一头野猪。自那以后，我母亲就不让我跟着去打猎了。但我还记得被猎犬逼到绝路的狐狸，薇薇安现在就是这副模样。我马上松开了拳头。她眼泪汪汪的。这场景实在太蠢了，搞得我也想哭了。

"我讨厌你。"她又说了一次。

"我更加讨厌你。"

她转过身，离开了。再也看不见她的眼睛，我一下子缓了口气。她走远了，然后又转过身。

"我明天再来。"

我笑了起来，之前我这样笑的时候会吓跑其他人。她在想什么？明天我就不在这里了，我会到高原的另一端去，也许已经在战场上了。我张开嘴想嘲笑她，但说出口的是：

"好的。"

第六章

第二天，她没有来。我等了一整天。如果我有表，我会一直看时间，但这无济于事，因为我看不懂秒针。人们不看表的时候，秒针也在走，这一点很讨厌。

一座山对我来说很好理解。它就在那里，不需要任何人的帮助，一直就是一座山的模样，不会变成一道闪电或一块巧克力，也不会在我们转过身后，变成十八厘米长的钥匙。我喜欢山谷、车站、高原，因为它们总是一成不变。就算冬天会下雪，我还是能认出它们。就算它们化了装，我内心深处也知道它们是不会变化的。这就是个游戏！

我很无聊。在车站总是有事情可以做，比如抬起一个重物或者擦亮电话。我可以躺下来，触摸我钢铁般坚硬的肌肉，或者是看着胶木发光，一天就这样过去了。

在高原上，我不知道该怎么打发我的双手，它们在我的手臂下方太沉重了。我唯一能做的事情就是走路——我并不想，因为我在等薇薇安——或者是攀爬稻草堆，但这样太危险了。我的外祖母告诉我，她小时候差点从滚动的面团上摔下来——我的曾祖父母是面包师。面团、稻草堆，在我看来没什么不同。我不想卖弄，免得薇薇安找到我的时候我已经死了。我看起来真的是个白痴。我下意识跟巨大的稻草堆保持距离。

我必须提到我的外祖母，她是可以跟我正常交流的人。当然还有薇薇安、牧羊人马迪。

我的外祖母出生在一个很远的地方，在那里，人们的名字以字母 A、E、I 结束，无论如何不会是字母 Z，不然我会记得。在那个地方，小舌音 R 发得很重。我记得她提过那里的战争，但在那个年代，我还太小，对此不感兴趣。我更喜欢她讲述面包房的故事，我很难想象她被面粉覆盖的孩子模样，因为她上年纪了，总是穿着黑色。她讲的故事比书本好，因为我不会读书。她是我母亲的母亲。有一天，她来到加油站，住在我们家的客厅里。我长大了，她却"缩水"了。一天晚上，她完全消失了。我听到了一些噪声，听到了低语，我试着睁开眼睛，但办不到，第二天早上，当我醒来时她就不在了。人们对我说她死了，就跟马泰尔的儿子一样。我受到了沉重的打击，因为我无法想象人们怎么可以把她跟一头野猪搞混。

我的外祖母总是对我说，有人对我母亲施了咒语。正因为如此，我才变成这副模样。不要相信其他人关于她恶毒的话语。但我从没听到有人用恶毒的话语谈论我母亲，我无法想象谁可以这样做。外祖母让我数念珠祷告，我居然做到了，大家都很吃惊，因为我从来就记不住任何事情。总是相同数量的珠子，每个珠子对应相同数量的单词，珠子还发光。这一切太完美了。

我不知道那串念珠去哪儿了，也许跟她一起走了。

　　我并没有在高原上无聊很长时间，因为到中午的时候，我就饿了。在家里，如果我饿了，会有人给我东西吃，但是在这里只有我一个人，我得自力更生。突然成为一个男人就没那么有趣了，这也许就是薇薇安试图向我传达的意思。我想象她坐在一个盛满了扁豆的漂亮盘子面前，那是我最爱的一道菜，因为我没有尝过其他的菜。薇薇安太瘦了，我立刻发觉了这点，正是因为如此，我想再见到她。还有就是她很漂亮。

　　我的肚子饿得咕噜咕噜叫，满脑子只想着扁豆。我在口袋里找到了五颗糖，还有半根焦糖棍，它们是我在加油站的罐子里顺手偷的，当时我父母没注意。我慢慢地咀嚼糖果。

　　虽然肚子好受了点，但还远远不够。我看见悬崖边两棵果实累累的野草莓树，悬在半空中，但如果我离开了这块岩石，我怕会错过薇薇安。我犹豫了很长时间，一边是黑发女孩，一边是黄色、红色的野草莓。最后野草莓取胜了。

　　我把夹克衫放在地上，把两个袖子交叉放，让她明白我还在，只是稍稍离开一会儿。我动作很快，三两下就把果子都摘下来了，吃了个精光，就连熟过头的也没放过。果子没有味道，但正好够填饱肚子。我心满意足地回到岩石边，突然想起来我不应该全部吃光的，应该留几口，但太迟了，我想给自己几个耳光。

　　水倒不是问题，这里有牧场。草丛里四处都有咕噜咕噜冒着泡的水源，只要踩上去就能发现。还有牲畜的饮水槽。因为水底有苔藓，水都是黑黑的。水槽底部是石板的，实在是太美了，让人想把头伸进去。

　　我的夹克衫还在原地，我知道她还没有来。如果她来过，她肯定会动夹克衫，比如把袖子换个有趣的方式叠起来。我对这个很确定，因为我非常了解她，虽然我们才说过一次话。

　　夜幕降临，我背靠着被晒得滚烫的岩石，闭上眼睛，稍作休息。当我再睁开眼的时候，天已经亮了。我就这样睡着了，没有说上三次"开灯关灯",而且我也没有死去。这一方面让人放心,另一方面让人有点后怕。我眨了三次眼睛,人们永远不会知道,这个可以替代开灯关灯。

清晨的草丛泛着光,我在草丛里走了几步路,脚底打滑。我还想留在那里,在那里我感觉很舒服,但是我的脚继续往高原的边缘走去,将我带回加油站。他们知道我不能一个人待着。我十二岁那晚他们没说出口,一晚上絮絮叨叨,决定不跟我摊牌,也许这样更好。运气好的话,我就可以证明自己,前来找我的人会明白这一点。他们握紧我的手,对我说他们白白为我担心一场。

我还是得取回落在草坪上的夹克衫。我的脚拒绝回去,我恳求它们,但也没用。我不得不往回走。我的夹克衫是湿的,但我还是穿上了,天气已经很热了。我再次爬上岩石,对高原说再见。

突然狂风大作。我本来可以弯下身,靠着睡觉。高原的草丛都被吹得笔直笔直,我看见一个纤细的身影向我走来。

第七章

薇薇安从风中走出来，我们靠着岩石坐下，一言不发。我很高兴再次见到她，可一肚子的话说不出来。

她的左眼有块瘀青。左边，我左边的鞋底有点脱落。还好我这次出门穿的鞋子没问题。

"这是你父亲干的？"我问道。

她用奇怪的表情看着我，然后笑了起来。她想知道我从哪里知道这些的。我上一次一只眼睛挂彩，就是我父亲干的，我对她说，这种事都是父亲做的。

"不，不是我父亲，是我自己干的。"

我觉得这样解释就够了，但她还在继续。

"想知道怎么办到的？我给了自己一拳。"

这事说得通，我抬起头。她转过身，跪在草丛里。

"如果我要你给我一拳，你会吗？"

"如果你要的话。"

"那就来吧！"

我面向她跪在地上，握紧了拳头。她闭上了眼睛，但我没动。太好笑了，我做不到。我想帮她忙，但我感觉她透过紧闭的眼皮看着我。她笑了，没有睁开眼睛。

"我就知道。你没法对你的女王动手。"

我只回了句："啥？"

我们重新坐下来，双腿舒展开来，我的腿比她的腿要长。她白皙的脚上穿着漂亮的凉鞋。

"贝壳，你住在哪里？"

"加油站。"

"哪个站？"

我指向高原的尽头。

"就在杜夫桥后面，你呢？"

"这是个秘密。你知道我是谁吗？"

我摇了摇头。

"我是女王。"

我想知道她是谁的女王。她张开了手臂。

"你看到的这一切。"

"高原？"

"高原。"

"还有山峰？"

"还有山峰。我是高原和山峰的女王。你愿意为我效劳吗？"

"好的，我会加油。"

她笑了，不知道为什么，我也笑了。我以前没有女性友人，

我想这就是了。

"为我效劳，就是我说什么，你做什么。不只是加油。"

"好的。"

"等一下，还有规则。首先你不能碰我，除非我同意了。我是你的女王，你发誓。"

我同意了，我之前从没见过女王，这个在我看来符合逻辑。

"我发誓。"

"最后这点很重要，你不要试图找到我。我会来找你。"

"为什么？"

"因为如果你发现了我住的地方，命运就会被撕裂，我就会变成一个小女孩，一切就会恢复原样。我会失去所有的能力。"

"你有超能力？"

"很多能力。"

"你能让天下雨？"

"是的。"

"你能让天刮风？"

"当然。"

"展示一下。"

"你不能对你的女王下命令。你发誓，永远不要试图找到我。"

"我发誓。"

她站起来，拍掉了裙子上的草根，我记得裙子是蓝色的。

"我们将总是在这里见面，一起在我的领土上探险，你有问题吗？"她用嘶哑的女王嗓音说道。

我回答说没问题。我完全明白，我母亲也被人下了咒语。当然我知道这不是一回事，薇薇安的事情是一个游戏，而我母亲的咒语是真的，我就是证据。但是薇薇安看起来非常认真，我不想让她失望。

我只是告诉她，我很饿。我不知道在饥饿的情况下怎么样服侍她，她说不用担心，她用了非常复杂的一句话，我不敢让她重复说。我明白，她会带我去找吃的，我满心祈祷是扁豆。

▶▶

　　我们玩了一个游戏，是她的主意，看谁能找到最多瓢虫。一开始很困难，因为周围没有瓢虫，薇薇安教我怎么找：首先瓢虫是红色的，闪闪发光，而且身上还带着斑点。当她解释一件事情时，这一切都显得简单多了。

　　薇薇安跟瓢虫在一起时特别有趣。她看起来很害怕，每次有瓢虫在她手上爬的时候，她都会发出细细的尖叫声。我假装害怕，一次拿好几只，但看到它在爬，我就开始有点心虚，虽然不知道为什么。薇薇安看起来比我懂得更多，如果她会害怕，那就一定是有原因的。

　　她让我赢了。我知道的，因为她对我说了。尽管如此，我还是很高兴。最后她站起来，她得走了。出发的时候，她转过身看着我。

"你注意到了吗？"

"什么？"

"风停了。是我下的命令。它吹皱了我的裙子。"

我站在岩石上，看着她越来越小。蓝色的裙子、挂彩的眼睛渐渐消失，最后她变得比野草莓还小，像一片叶子、一个虫子，直到完全消失，地平线将她淹没。

就算是场游戏又如何，狂风的确是停下来了。

第四部分

我的脑袋很大，比其他人都大。

但这个世界太小，我不知道怎么样可以把这么大的东西塞进这么小的世界里。

第八章

是薇薇安把我叫醒的，她看起来非常激动。我根本没睡好，晚上很冷，我颤抖着看着星星直到日出。

"大家都在找你。你得藏起来。"她对我说。

她是跑过来的，看她红红的脸颊就知道，我很想抚摸一下，将这抹红色沾到手指上，这红色就像是从油画上刮下来的涂料。她的眼睛不再让我害怕了，也许我已经习惯了，或者说她今天不生气。

她说警察已经去过她家。他们在找人，加油站老板的儿子深夜出走了，有人见过吗？他们详细描述了我的样貌，还有那件壳牌夹克衫。我甚至上了报纸。

薇薇安想知道我是不是罪犯。我问她那是什么意思。

"做了坏事的人。"

我回答说我从没做过坏事，但是我对跟她撒谎感到很羞耻，因为我认为不应该跟一位女王撒谎。于是，我向她承认，有一次父母不在的时候，我洗了水管，尽管我没有权利这样做。她说这个不算数，这样可算不了犯罪。还有一次，我差点因为一根烟让加油站着火。她说这个也不算，这只是一场事故。她问我是否杀过人，或者偷过东西。没有，我没杀过人。糖不算是我偷的，因为本来就是我们的。

她想了一下，说我不能待在这里，我必须找个地方躲起来。我同意，我也不喜欢睡在室外，我想念我的床。从出生开始，我就睡在同一张床上，就算现在我长大了，床显得有点小。当想到我的大枕头上面印着飞机的图案时，我就感到一阵揪心。我感觉我的嘴唇开始发抖。

　　薇薇安装作什么都没看到。她转过身抓了一下岩石上的东西，这样让我可以稍微缓口气。

　　她知道有一个地方可以栖身，于是决定带我去。那是一个用灰色石头堆起来的小屋，是牧羊人或者猎人用过的地方。枯死的黑莓丛挡住了大门，但是后墙有个洞，只需要翻过坍塌的石块就可以进去。虽然比不上我在加油站的卧室，但我还是很开心。这个地方让我想到了宇宙空间站，在里面，只能看到弯曲的墙壁和天空的一角，这很像我最爱的书中的情景，我读过一遍又一遍，那本书里没什么文字，但是有很多图片。

　　薇薇安从口袋里拿出巧克力棒，一个苹果和一块奶酪。我饿坏了，从野草莓那一顿后我就没吃过，我狼吞虎咽起来。吃完后我躺在地面上，头顶是圆圆的天空，我想象在巨大的望远镜后面，在另一端，也许有人在看着我们。我差点做出手势，但马上停了下来，免得让自己看起来很可笑。薇薇安动了一下脚，转过身看着我。

"我们做什么好呢？"

我耸了耸肩。我也不知道，她才是女王，我只是服从命令，这样挺好的。听从她的指挥，并不让我觉得自己是孩子。

"我们可以去冒险，但太危险了。最好再等等，以防他们来找你。"

我想开口说话，于是问她：

"你家在哪儿？"

"我跟你说过的，你不能去找我家。"

"因为诅咒？"

"因为诅咒。"

我跟她解释说，我的母亲也受了诅咒。她看起来很感兴趣，盘腿而坐，想知道来龙去脉。谁施的诅咒？为什么？但实际上我也不知道。我的外祖母只说是马洛奇罗，我想象他是一个看起来凶巴巴的人，穿着黑色的外套、小丑鞋，戴着一副大大的眼镜。我不知道为什么，他为什么迁怒于我母亲，但的确有些时候，我母亲会非常讨人厌。

薇薇安继续提问，她一肚子问号。这个诅咒是做什么的？我向她展示诅咒在我身上的印证。她好奇地看着我，一副期待已久的表情。我想了想要怎么用合适的话语跟她解释我的情况。

在马利热，巴戴医生让我在候诊室等待，他跟我父母有事要说。我装作接受，随手拿了一本杂志，盘腿坐在地上。他们一关上门，我就在门口偷听，以前在家里也是这样，我可以听到很多有趣的事情，人们在门背后会讲很多。

巴戴医生用了很多复杂的词，我的父母好像也没怎么听懂，他跟他们解释说我的脑袋停止生长了。

我不禁轻声笑出来，仿佛他们谈论的对象不是我。相反，我的脑袋很大，比其他人都大。但这个世界太小，我不知道怎么样可以把这么大的东西塞进这么小的世界里。有一次，老师让我谈谈对一个国家的认识，我忘记是哪一个了。我马上就看到了一片壮丽的风景，全部是印度人在打架，到处在枪战，有灰尘、有嘶吼，我的心怦怦直跳，我很怕马。印度人在嘶吼，四处是战火，这让我害怕到没法呼吸，于是我钻到了桌子下。这一次，大家都没有笑，除了维克多·麦克雷，他是我的宿敌，总是在走廊里挤对我。有一天，我当着全班人的面，称麦克雷为鸭子，大家都哈哈大笑，他不喜欢这样。

总之，因为这个印度人，我再也没法去学校了。第二天，校长把我家长叫过去了。他们谈到一所专门学校，从那时开始，我就在加油站工作，也因为如此，我现在站在这个高原上。

我想跟薇薇安解释事情的来龙去脉，然而我一开口就变成了：

"啊啊啊安。"

就是这样，每次当我想讲一件大事的时候，一开口就变成了若无声息的话语。

▶)

太阳露出头，它从左边爬上来，刺得我们眼睛疼，我们叫出声来，仿佛正在被警察追赶。我们不能被阳光抓住，于是绕着圈子，我们在阴暗处贴在一起，我得非常小心，不能碰到薇薇安。

然后太阳离开了，一下子有点凉。薇薇安哆嗦了一下，她看着我。那是我们第一次吵架，直到今天，我都不知道为什么。

她用一副奇怪的表情看着我，直瞪瞪盯着我的眼睛，就像是在期待什么。我也使尽全力看着她，因为有人这样看我时，我也会这样看对方，最后她开口了：

"你没发现我冷吗？"

我当然看到了，因为她在发抖。她这下子更生气了。

"把你的夹克衫给我，笨蛋。"

我一动不动，不是因为她叫我笨蛋，而是因为我不想给她我的夹克衫。为了能穿上它，我在加油站辛勤工作，而且这件夹克衫让我看起来像个阔佬。尽管穿上后我看起来会很奇怪，因为它袖子太短，而我的肩膀太宽。

她马上就明白了，因为我拉长了脸。但是她双手交叉放在胸前，抬起下巴。

"你发誓要服从我的。"

我彻底后悔发过誓。我的外祖母说，撒谎的人都要下地狱的。她给我看过一幅画，那个情景一点也不有趣。于是，我脱下了夹克衫，我不想下地狱，不想跟大眼睛、穿着小丑鞋的马洛奇罗在一起。

薇薇安把夹克衫穿上了，就像是穿上了一件外套。夹克衫一点儿都不适合她，我不知道该怎么解释，但是这看起来太糟糕了。我把到嘴边的话收回去，哭了出来。我想停下来，因为一个男人不应该哭，但是我越想停下来就越是哭泣不止。我从没有离开家这么久。我想念父母，想念吃饭时加油站的一片寂静，想念电视机的噪声、电话的吱吱声、污油的味道，就连那些我不愿去怀念的事物，例如厕所的味道、接触到棉花时那种奇怪的手感我也开始想念了。

薇薇安靠近我，把我拥入怀中。我把头靠在她身上，继续哭着。她说没事的，但她还是没有脱下我的夹克衫。

因为她是真正的女王——薇薇安。

天空变成了紫色，空气中有甘草的味道，我用舌尖尝了一下，真的很美味。薇薇安最后把夹克衫还给我了，我感觉好多了。

我希望她能留下来，她是我最好的朋友。能说出这个事实，对我来说就是非常自豪的事情。以前在学校，大家都有好朋友，除了我，就像是有个巨大的朋友圈，而我永远进不去。这让我想到了土星环，我是在一块巧克力包装上看到的，我把它贴在我的床头。它一直在那里，就是有些褪色了。

我询问薇薇安是否想跟我一起住在牧羊人的房子里，但是她说她得回城堡了，不然母后会找她的。为了挽留她，我让她跟我谈谈她的城堡，随后我把手放在嘴巴上，因为我想到我没有权利提这个问题。她把牙关咬得紧紧的，叹了口气。

"非常大。我们吃饭的桌子很大，一千个仆人，我们没有权利说话。"

跟我们家差不多，除了那一千个仆人。在加油站，我们也没有权利说话，因为要看电视，不然会错过新闻。

"那些仆人是天鹅变的。城堡里有一千个房间，每天晚上换位置。要花点时间才能找到我的卧室，这就是为什么，我早上起来会很累。"

我目瞪口呆地听着。我知道她是瞎掰的，但让我震惊的是，薇薇安的创作实在是太生动了，让人浮想联翩。不过一想到房间可以移动，我有点不自在，我不喜欢这样。

"晚上，吊灯自己会亮，里面没有灯泡，是月光石在发光。我的床非常大，我要走好一会儿才能到中间。床垫是由在太阳上长大的特别的豌豆制成的。"

这时候我确定她是瞎掰的，因为我从没有听说过太阳上能种豌豆。当然我不知道的事情有很多，但是加油站有个菜园，我还是有点了解的。我想如果有，我母亲应该会跟我提到太阳上的豌豆。我低声埋怨了一下，因为我的思绪跑到了别处，移动的房间，不存在的豌豆……我只能稍微闭上眼睛。

薇薇安站起来，向我伸出手，我握紧了她的手，可最后只能松开。我们相约明天见面。

我看着她消失了，我多么想挽留她，在她离开之后，我还在想象她的身影。很快，夜幕降临，我不得不离开。我在角落里找到一个旧的稻草堆，把它推倒在地，然后躺在上面，手枕在脑后。我意识到我完全忘记了我的战争、勋章、英雄般的归来，心里不免有些羞耻。我不想在回去的时候被人当作尿货。但是我有了一位女王，我会为她奉献一切，并不是因为我发誓了，而是我想这样做，我觉得这样才是一个英雄：去做不是被强迫做的事。

但这对我父母来说还是不够，如果他们联合我姐一起把我送到更远的地方，我就会叫来薇薇安。她会告诉他们，她不能离开我，无论如何，她是女王，他们会按照她的要求去做，大家不用再争执。

我不知道到时候我的父母会对此发表什么评论，他们那间可笑的加油站，里面的房间永远不会移动。

第九章

我曾经说过我没有朋友，但这不完全是真的。我有一个朋友叫理查德，是在我被迫离开学校之前认识的。我很久没想到过他，这让我的心有点刺痛。

理查德是年中来到学校的，他很瘦，就连正面照看起来也很单薄，他经常咳嗽。在我的房间旁边还有一间空的办公室，老师把他安顿在那里。课间休息时，他独自一人待着。我们都认为与其出去玩，还不如在自己的房间里玩。虽然没有直接说出口，但我相信我们的想法都传达给了彼此。

理查德的父亲在高原的工厂有个重要的职位。他们不住在高原上，他母亲认为山谷的空气更好。他们在村子里买了栋房子，是间没人想要的破旧小木屋。好笑的是，他们看起来还是挺有钱的。理查德向我解释他们从不在一个地方待很久，他的父亲一直在换工厂。我经常在加油站看见他们，他们不像其他村民因为别处更便宜去别处加油，但是如果出了紧急情况，他们还是会来我们家哭诉。

麦克雷很讨厌理查德。当麦克雷在走廊里推他或者绊倒他时，理查德看起来一点儿都不意外。他站起来，没事一样地走开了，像迷你小火车的车头一样继续咳嗽。我很崇拜他，如果是我被欺负了，我肯定会发火，然后全身发抖，我没法控制自己，必须把我送到医务室才行，就算我没受伤，我也需要时间冷静下来。如果我更勇敢，我会杀了麦克雷，我甚至想象了好几种方法。在我的梦里，他苦苦哀求我，但这是没用的，因为我还是会杀死他，大家都会来拍我的肩膀，告诉我做得好。

我在学校没有什么美好的回忆，唯一美好的回忆就跟理查德有关。他对我说话，就像他理解我似的，虽然我说不出什么，因为我脑子里东西太多了，我没法表达出来。经过圣诞节舞台上扮演了驴子之后发生的事情，我更加喜欢他了。

我们走过院子。麦克雷坐在矮凳上，他大声叫喊，想让大家都听见：

"看啊，这就是啊呃和犹太人！"

我们继续往前走，但是麦克雷跟着我们继续喊"啊——呃——啊——呃！"，理查德转过身。我记得他的样子，因为他面无表情。他既不忧伤，也不生气。麦克雷好像说了一句："你这个家伙有什么毛病……"但他还没说完，理查德就狠狠教训了他，大家事后都在谈论这件事。最后靠校长和督学一起才把他们分开，麦克雷躺在地上，鼻子歪了，到处都是血。

当校长询问到底怎么回事时，理查德耸了耸肩。

"我不知道，我又不是犹太人。"

我不知道身为犹太人有什么特别含义，但不管理查德是不是犹太人，他都是个重要的人。之后，麦克雷再也不敢接近我们，就连我他也不欺负了，我觉得自己变强了，在路过他身边的时候露出杀手的眼色。我看见他咬紧了牙齿，但没说一句话。就在那个时候，我才敢当着全班人的面叫他鸭子。

有一天，理查德离开了。我不知道是因为这件事，还是因为他父亲又换了工厂。我收到两三封信，是我母亲读给我听的，信上说他在寄宿学校。在这之后他就没有来信了，我不知道他怎么样了。

理查德走了之后，一切恢复原样，麦克雷重操旧业。

▶▶

我很想再见到理查德，向他介绍薇薇安。我们可以一起幸福地生活在城堡里。在那里，没有人可以支使我们干活儿，没有人可以把我们带走。我确信他们俩会相处得很好。

第十章

我在午夜醒来。月亮填满了屋顶的洞，满到连缝隙里的天空都看不见了。

我全身僵硬，这种事以前偶尔也发生过。在这种情况下，我无法思考，双手垂下来，闭着眼睛，脑海中浮现出那本藏起来的杂志，它的内容我早就熟记于心。最后我发出一声呻吟。

最后，我很高兴薇薇安没有留下来，因为我不想她看到我这个样子，这跟她没关系。这部分不属于我，我没法给她。她可以拥有她想要的全部，薇薇安，但不是这个部分。这部分就连马洛奇罗也无法拥有，我不知道为什么，但我非常确信这一点。

为了坚定这一想法，我在入睡之前还背了两段祷告词。

▶▶

夏天开始了，1965年的夏天，我记得那一年，因为这几个大大的数字印在工作室的台历上，在我脑海里留下了深刻的印象。每年年初的时候我都很难适应，无法理解这些数字为何在我眼前消失。

天气很热，我住在自己的房子里，屋顶有个洞，没有人对我发布命令，除了薇薇安。我很乐意听从她。我觉得自己脆弱无助，而这个状态会持续下去。所以接下来几天，当薇薇安来的时候，我瞪大了眼睛，不去想未来，不去想多久以后她会消失，不去想她走后只剩下一棵树的空荡荡的世界。

在某种意义上，这是我们最后一次相见，因为在那之后，事情就不一样了。最糟糕的莫过于这是我的过错。人们可以用任何方式去解读这一切，然而终究是我让这个诅咒应验了。

▶▶

　　她总是从同一边来，那里的草坪绵延到山顶，波浪起伏的草丛遮住了岩洞。我来到屋顶等她，我很怕她不来，然而她出现在远方，她成了薇薇安，我认识她的发型、她走路的方式，在她身边我尽量不打扰她。

　　我抑制住自己想要跑过去的冲动，从屋顶下来，在房子里等她，装出无所谓的态度，就像以前我等圣诞老人，在麦克雷这个浑蛋对我说他不存在之前。说到底，麦克雷他又知道多少？我对他吼道，圣诞老人不会去他家，所以他从没见过他，但最后我的父母告诉了我真相。我在卧室里一动不动躺了三天，他们最终决定去叫巴戴医生。因为巴戴医生不在，他们把顶班的叫来了。她听诊的时候，我看着她的胸部，一下子好多了。从那以后，我的父母对所有人说顶班医生是最好的医生，甚至比巴戴医生还好，我也同意这一点。

薇薇安出现在洞口，她皱了下鼻子，说道：

"你闻起来像个臭男人。"

很明显这句话让我很开心。我装作伸懒腰的模样，去闻胳膊下方的味道。这个味道跟我父亲的不一样，他是个真正的男人。通常来说，如果身上不干净，我会觉得恐慌。一个星期一次，母亲会在浴室里用肥皂给我擦身体，之后我的皮肤上会留下蓝天的美好气味。我们在广告牌上见过，这种肥皂只攻击污垢，而不是皮肤，这是真的，我用了好几年，皮肤还是那样。广告词讲的都是谎话，塞德里克·路基某一天试图让我相信这点。

站在高原上，我第一次注意到鞋子脏了，夹克衫袖子上有污迹。我顿时头晕目眩，通常来说接下来我就会晕倒在地，陷入黑暗。但是薇薇安进来了，她溜进了我的房子里，坐在我身边。我有预感，我必须好好把握她在我身边的时刻，这下我的不适感终于消失了。仅仅是因为薇薇安在这里，我就不会陷入黑暗。

然而那一天，她跟往常不一样。她没有笑，没有闭上眼睛的她看起来不一样。她给我带了两块三明治，看着我，一言不发。我笑眯眯地看着她，但是她没有回应。

"你要做什么？"她突然开口问我。

我看着她，有点走神，我试图胡诌一个回复，所有的事情都交织在一起，我搞不懂。

她叹了口气，温柔地说道：

"如果我不在这里，你准备做什么？"

我现在感觉很好，这是肯定的。我回复说我会一直在这里，她不需要担心。她的眼睛在发火。

"不，贝壳，我不会一直在这里。你不能一个人待着。"

"我可以的。"

"你现在可以，因为我给你带食物，而且现在是夏天。你知道冬天什么样吗？"

我对她说："我太了解冬天了。冬天是白色、灰色和黑色，加上烟雾的味道，是撒谎的季节，水枪告诉你它是烫的，但实际上它会冻坏你的手指。本来答应好要做某些事，但其实什么都没做成，因为在家里待着更舒服。我喜欢冬天，但现在还没到冬天，我没法谈论它。"

"你几岁呢？"换我提问。

我认识的薇薇安又回来了。

"不可以问女王的年纪。"

"好的，你几岁呢？"

她看起来像是要掐死我，我很熟悉别人脸上这副表情。

"你在听我说话吗？你——要——回——家！"

我放下三明治，在裤子上擦擦手，用舌头舔舔牙齿。我可以按照薇薇安的要求去做任何事情，但就这一件事情不行。

"不。"

"贝壳，你的父母肯定想你了。你不想他们吗？警察在找你。

他们不是为了惩罚你。你的父母对你不好吗？"

　　不，他们不是坏人，如果我挨打，那总是有原因的，但是他们要把我送到很远的地方。我跟她提到那个小册子，上面的人站在走廊里微笑。跟我一起生活不容易，我对她解释，最好是我一个人生活。

　　"好吧，你别哭啦。"她很久才开口。

　　我没注意到自己哭了。这也解释了我双腿之间的灰尘形成的火山口痕迹，我好奇地盯着它们，想知道它们从哪里来的。

　　"看着我。"她对我说。

　　我尝试抬起头，但我做不到，眼睛好像被地面黏住了。这样子哭让我觉得很羞愧，这样子会让加油站所有人生气，除了我姐姐，如果她在，她会跟我一起哭。他们一开始会给我胶囊吃，我不明白它们有什么用，因为都是小小的一颗，而我那么多眼泪是装不进一颗胶囊里的。胶囊没用，他们就不给我吃了，因为胶囊也很贵。长大以后，我哭得就少了。

"我如果告诉你我多大，你会开心点吗？"薇薇安友好地问道。

"我快十三岁了。"她说。

我点了点头，但火山口还在。

"你还想知道什么？我有几个继兄弟。"

我问是同父异母还是同母异父，她皱着眉头看着我。总是这样，因为我跟别人不一样，他们无法想象我会开玩笑。我只成功过一次。理查德向我解释，我选的时机不对。他在离开之前试图教会我这点，但没有成功。

薇薇安笑出声来，我也是（但我同时也在哭），在那之后，我感觉好多了，就像是夏天的暴雨把车上的灰尘清洗得干干净净，我走出门，让暴雨把我清洗一番，直到我的母亲喊我回去，不然我会死的。薇薇安的笑容将我整个人净化了，我们之间只有清新的空气。

突然，她提议说：

"你想我送你生日蛋糕吗？"

我差点跳起来。

"是我的生日吗？"

薇薇安笑了。

"我不知道，你的生日是什么时候？"

"8 月 26 日。我记得。"

"那就不是了。"

我觉得有点失望。

"还很远吗？"

"还差两个月。"她不用数就能回答。

重要的日子并不少，例如佐罗出现在屏幕上（因为这样，我才记住了周四）；圣诞节是洗澡的日子；万圣节，我不知道万圣节为什么重要，但是我的外祖母会穿成黑色，一整天她都很忧伤。最重要的日子就是 8 月 26 日，我的生日。每年的 8 月 26 日，我都欢欣雀跃，特别是在母亲答应给我的蛋糕点蜡烛后，这一切都足够好。在吹蜡烛的时候，我眯起眼睛，感觉蜡烛多了一倍，我也好像一下子老了。最后是父亲帮我吹灭了蜡烛，他总是说得快点，不然蜡烛会熔化。

在我看来，巧克力蛋糕配熔化的蜡烛刚刚好，这才是生日的味道，不然它就是平常也能吃到的蛋糕。我的父亲总是无法理解我。有一年的 8 月 26 日，我们在工作室干活，我试着向他解释，结果他对我说不要满脑子幻想，赶紧给他递一个 12 号的开口扳手。我递给他一个 8 号的棘轮扳手。

我抬起头，闭上眼睛，嘴巴里低声数着"两个月，两个月"，揣摩着到底是远还是近。薇薇安轻轻地抓住了我的下巴。

"我们不需要等到你生日那天。我可以马上给你生日礼物。你想要吗？"

"是的。"

"是的，陛下。"

"是的，陛下。"

"来吧。"

她爬上了石头，我跟在她身后。就在快摔下去的时候我抓住了她的手，或者说，我差点抓住了她的手。在最后一刻，我想起来我没有权利触碰她。她跳了起来，但是她没有像上次那样摆脸色给我看。我问她：

"你答应我，你永远不再离开？"

"你答应我，你永远不再哭？"

"我答应你。"

她想了一下，我也笑了，因为她的眼睛已经答应我了。

"好吧，那我也答应你。"

从那天以后，我再也没有哭。我也不知道为什么，不知道怎么回事，但我信守承诺。

薇薇安，她撒谎了。

可她还是把最棒的生日礼物送给了我。

第十一章

我们一直走，穿过了一个小丘陵。我问薇薇安我们要去哪儿，她只回答说我会看到的。当屋顶有洞的小屋在视线中消失之后，薇薇安让我闭上眼睛。

"不要作弊，这是命令。"

我甚至都没想过作弊，我不明白她为什么不懂。我用手盖住眼皮，感觉到薇薇安把双手放在我身上，像两只灵巧的蝴蝶让我转过身。她对我说可以把手放下了，我照做了，然后继续转身。高原不见了，我不知道自己身在何处。

我们继续前行。薇薇安看起来知道要去哪儿，这点让我放心。

据说山里有狼，我不想迷路，然后被狼吃掉。天气热了起来，我听见大地在咳嗽，它在呼唤雨水。夏天刚刚开始，它会一直呼唤下去。

在我们前进的过程中，薇薇安问我为什么坚持要去上战场，我跟她从头讲起，没有遗漏任何一点。她跟我解释说，战场很远，比我想象的还要远，不可能步行前往。如果我死了，还有必要去吗？我的父母会哭的。我笑了，我上战场不是为了送死，而是为了杀敌。

薇薇安停下来，转过身朝向我。她的刘海贴在额头上，短发贴在颈背上。

"你的敌人没有父母吗？"她说。

然后她继续走。我跟在她身后，问她到底想说什么。无论如何，我是不会上战场的。我们两个人在高原上就挺好的。也许我能说服她跟我一起生活，我在脑袋里构思如何将小屋分成两间卧室。我们再也不分开，有一天，人们发现我们的尸骨紧紧贴在一起，他们不禁感慨："这两个人是真正的朋友啊。"

在我的脑袋里，有个声音一直在笑，那是走廊深处传来的嘲笑声，就像那一次我松开吊拖车的手闸，想试试看自己是否有足够的力量，结果只握住了减震器。我没能让吊拖车刹住，这可不是我的错。

"我的鞋底掉了！"我大喊。

薇薇安看着我，这一次她脸上古怪的表情跟其他人看到我时一样。我的脸一下子红了，为了转换话题，我问她是否想玩游戏。

"玩什么？"

"猜猜我是谁。"

"好的。"

我摆了一个很明显的姿势，她应该立刻就能猜出来，但是她皱紧了眉头，摇了摇头。我把手指横放在鼻子下，做出胡子的模样。我成功让她发笑了，虽然还是有点紧张。

"狄亚哥·德·拉维格！"我说出了答案。

我把头发梳到脑后，让她看清楚我跟他长得多么像，如果头发打湿了会更像。

她目瞪口呆地看着我：

"那是谁？"

这下子轮到我目瞪口呆了，因为如此博学的薇薇安居然不知道狄亚哥·德·拉维格是谁。好吧，连加西亚中士也不知道他是谁，可他不算特别聪明。

"狄亚哥·德·拉维格！佐罗！"

我用隐形的剑在空气里画了一个 Z，她张大了嘴。她觉得她猜不出来没什么意外的，因为我画的是个 8，或者说 S，而不是 Z。她握住了我的手腕，教我如何画 Z。

就这样一路走着，我还没有意识到，她就说：

"我们到了。"

▶▶

不知道来到哪儿了。我没看见任何特别的地方，四处都是高原。我见过更美的地方，但我不能过分抱怨，因为这毕竟不是我的生日。

薇薇安肯定知道她在做什么，因为她的嘴角露出了一丝微笑。她让我看着山峰，一直数到 100，我照做了。我乱说一通，在数字中间夹杂字母，还有我记得的一些诗句、我母亲给我唱过的儿歌。当揣摩着快到 100 时，我就转过身来。

薇薇安不见了，我发誓。只有光秃秃的草坪，还有两块大石头可以用来捉迷藏，仅此而已。我害怕了。

然后我听到她的笑声从地面传来。我走到岩石旁边，转了一圈，没有人。我继续转圈，第二次我才发现最大的岩石下面的草丛里有个出口。出口太小了，我不知道薇薇安是怎么滑进去的。

"进来吧。"是她的声音。

我跪下来，草丛虽然盖住了部分出口，但事实上出口并不

大。薇薇安在另一端等我，她的脸颊上有块土，脸上露出大大
的笑容。我从没见过她这么开心的样子。

我一路爬过去，钻进了洞穴，背上的衣服被撕破了一点，
但我还是进去了。我突然一下子明白为什么天黑了。她说道：

"我对这里的路很熟悉，把你的右肩靠着墙。"

就在那时，我的恐惧症差点发作。在黑夜里，我看不见鞋
底，没有办法知道哪一边是对的。我只能从左边出发，而不是
右边。薇薇安突然动手拉了我一把，然后我们滑了下去。

"你没有幽闭恐惧症吧？"她问我。

"我不知道那是什么意思。"

"就是说你不是。"

我们走了一会儿，在黑暗之中，地面变平了，墙壁也消失
了。我的胫骨碰到了一个坚硬的东西，我说了一句脏话，然后
跳了起来。薇薇安说道："不好意思。"然后她停下来。她让我
坐下，我听到她在黑暗里乱翻一通。

"你准备好了吗？"

我默认了，我没法继续接受惊喜，我从没有收过这样的礼物，一个让我在黑暗里爬行、让我害怕、还弄疼了我的礼物。

"你准备好了吗？"她重复一遍。

我才意识到她看不见我。

"是的。"

一根火柴点燃了，火焰靠近一盏油灯，玻璃罩上还有小窗格。火光慢慢变大，照亮了我们身边的墙壁。

薇薇安笑着，意味深长地看着我。我一开始以为灯就是礼物，大失所望，因为加油站还有一盏更好的电子灯，用的是奇迹牌电池。随后我注意到墙壁，这不是普通的墙壁，而是一本巨大的冒险之书，上面有动物，有拿着长矛的人，手印比我还大。在油灯的火光下，这些墙上的人影在跳舞，就像是自己翻页的书，里面都是以前的巨人孩子的插图。我这辈子都没见过。

"生日快乐。"

我感动得说不出话，我哽咽了。我试图开口说几句，然而还没说出口，薇薇安就开口了。在这一点上她比我强大。

"这是很久以前的人类居住的地方，很久很久很久以前。你不能跟任何人讲，明白吗？"

我举起手来发誓，但她阻止了我。

"你没必要发誓。我们可以互相信任。"

幸好她让我闭嘴，因为这堵墙实在太美了，如果可以，我一定会跟全世界说这事。

"我是无意中发现了这个岩洞。"她继续说，"还有其他地方也是这样。但每一次人们发现一处，就会摆上梯子和照明灯，游客们来来往往，然后这个地方就死掉了。"

我想到了弗里斯小村子的小教堂，自从下游河上的桥垮了，小教堂就大门紧闭，玻璃窗也碎了，再没有人前往那里。对我来说，那里就是死掉的地方，我对薇薇安说。她点了点头。

"这里以前也许也是个教堂。至少我是这样认为的，我会来这里表示感恩、致歉或者寻求保护。"

我站起来，想把手指放在墙上，去对比那上面的手印。薇薇安阻止了我。因为真菌和细菌——她在别处看到过——会损坏墙上的壁画。我有点生气，因为我手上并没有细菌，更别说真菌，一想到它我就觉得恶心。虽然我从离开家就有点脏，但我还是很注意卫生的。

当我重新坐下，她也闭上了眼睛。她实在太美了，我想钻到她体内，变成她，了解她。然后我又想到，如果我钻进她的体内我就看不到她了，也许她钻到我体内可能更好。那样我虽然也看不见她，但至少我可以一直把她留在身边。

她的嘴唇在动，我询问她在干什么，她回答说在祈祷。我想让她展示给我看。我当然知道在教堂如何祈祷："天父，让麦克雷痛苦地死去。"但这次不一样。

"首先，你要对让你开心的事情表示感谢。"

这很容易。我闭上眼睛，动了动嘴巴，我谢谢薇薇安。

"然后，你对你做过的事情表示歉意。"

我又动了动嘴巴，但这一次我只是装个样子，因为我找不到可以表示歉意的事情，至少最近没有。

"最后，你要保护我不受敌人伤害。"

我好奇地看着她，她感觉到了我的疑惑，问道："怎么了？"我说她不可能有敌人，她的样子变得很严肃。

"我当然有敌人，一个女王总是会有敌人。"

"你最大的敌人是谁？"

"一条龙。"

我让她给我描述一下："它会喷火吗？"

"不是火，它会喷出一团冰雾，把对方冻住。它是一条巨大的黑龙，聚苯乙烯的鳞片和巨大的翅膀，最危险的是它可以是任何模样，甚至是一个人，不到最后一刻你不知道它在哪里。"

我向她承诺会保护她，她笑了，我不知道是为了感谢我，还是因为她知道我在龙的面前什么都不是，尤其是我现在弄丢了我父亲的猎枪。

"你呢？贝壳，你有敌人吗？"

我想了一下，向她解释说我有一堆敌人，但是当她问我具体是哪些人时，我只找出来两个。首先肯定是马洛奇罗，但我不知道他究竟算不算一个敌人，因为他不只是针对我，他是跟全世界为敌。好吧，那条龙也是与全世界为敌，我跟薇薇安达成一致，把他放在名单上。当然还有麦克雷。自从我被迫离开学校之后，我就没见过他。但我一直在等机会，等他出现，好报复他。

薇薇安抬起胳膊，大声说道：

"希望神灵保佑我们，不受龙、马洛奇罗和麦克雷的伤害。"

她的声音在寂静中回荡，也许神灵听到了我们的祈祷。

▶▶

当我们出来的时候，太阳落到了地面。我过了这辈子最好的一个生日，虽然今天不是我的生日。薇薇安说她必须快点把我带回去，因为今晚在城堡里还有一个晚宴，她必须换衣服。

我们离岩石越来越远，才过了几分钟，岩石就消失了，仿佛没有存在过。薇薇安让我蒙上眼睛转圈，跟第一次一样。我这一次做得更好，因为我躺下来转了个圈，薇薇安则蹲在我身旁。

当我们到达小屋时，她用奇怪的方式握住我的手，然后飞一样跑走了。我有点饿了，尤其当她提到了宴会，但我什么都没说。为了不想这事，我在小屋里面走来走去，想象了好几种方式来划分房间格局，这里是卧室，那里是客厅，可以放个电视机，这里可以设计一个玻璃屋顶，这样可以看到星星。玻璃屋顶，这个主意不错，我躺下来。我得跟薇薇安谈谈。

那一晚，不知道为什么，我在入睡前没有眨三次眼。

第十二章

　　我本来就不胖，现在更是渐渐瘦下来了。要知道在加油站的时候，母亲时时刻刻都在做饭，我还可以顺手偷糖果吃，想吃多少有多少。现在我的裤子变得空荡荡的，比平时还要空，就连薇薇安也注意到了，她给我带来了更多的三明治。我问她是否喜欢扁豆，没等她开口就自己回答说"是的"。我想她没有明白我的意思，因为她继续给我带三明治。

　　我们又回到了岩洞。每一次，薇薇安都让我闭上眼睛转圈，我一直不知道到底怎么去那里。薇薇安告诉我那些壁画不是巨人的孩子画的，而是跟我们一样的人类，只不过毛多一点。

坐在壁画前，我们开始讲故事。规则就是随便讲什么都可以，但一旦停下来，另一个人就继续讲，得胜者就是没有中断且讲的时间最长的那个人。薇薇安每次都赢了，这让我很受打击。创作对我来说不是难题，我一直在做这个，但同时我还要说出口，我只得承认她太强了。

有一天，她穿了一件蓝色羊毛开衫，我觉得非常适合她。但是天气很热，我问她是否要脱下来，她让我管好自己的事情，然后一整个下午摆着脸色。我现在已经习惯了，以前母亲也是这样，只不过薇薇安的情况更难对付，因为她是女王。

如果我们不在岩洞里玩，我们就玩瓢虫，或者躺在小屋里许愿。薇薇安说如果一只鸟儿在我们许愿一分钟之后经过屋顶的洞，那么这个愿望就会实现。我跟她提到了玻璃屋顶，我解释说可以看到更多的鸟儿，我们所有的愿望都会实现。她说这样是不行的，能看到鸟儿的洞越小，我们的愿望实现的可能就越大。这点在我看来不太符合逻辑。

我不敢开口提议她跟我住在一起，我想如果这是她自己的想法会更好。我时不时给她点暗示，比如询问她喜欢的墙纸，是动物还是花，然后马上换话题，这样就不会显得我很着急。我问她我们认识了多长时间，她耸了耸肩。

"我不知道，也许两个星期。"

这就是我喜欢薇薇安的地方，时间对她来说并不重要。

我重新变得干净和清爽。我在离小屋不远的地方找到了牲畜饮水槽，薇薇安给我带来了一块肥皂，我用它来洗澡和洗衣服。一天早上，就在拧夹克衫的时候，我听到了咔嚓一声，一只袖子从肩膀脱落，就在"中国台湾制造"标签的旁边。薇薇安答应给我带缝纫工具，但她总是忘记。每一次我穿上夹克衫，从眼角都可以看到这个洞，这真让人不舒服，后来我只用它做被子。

有了太阳，我的衣服很快就干了。现在我光溜溜地躺在岩石上。在一个小山坡的后面，我找到了一个隐蔽的角落，确信在那里没有人能看到我。除非是我母亲，如果让其他人看到全裸的我，我会很尴尬。就算要把小鸡鸡露给医生看，我也不喜欢。

薇薇安来了。我身上的肥皂味真好闻，我准备好按照她的吩咐去做事了。她每天都发明新的游戏。我以前从没跟其他人玩过，她不相信我，我向她解释我没有兄弟，姐姐年纪大了，以前在学校没人陪我讲话，我又跟谁玩呢？当然有过理查德，但是他喜欢玩象棋。他没有教会我，因为我不知道该如何移动棋子，不知道它来自哪儿，为什么它要在那里，为什么要换位置。理查德让我不要把自己想成棋子，棋子就是棋子，老天爷。但是我做不到，我不是故意的，最好笑的是我甚至不知道他想说什么。

◗◗

有一天我醒得特别早，阳光直射我的眼睛。我想到了父母，然后毫无缘由地一下子悲伤起来，我还是想他们。突然一阵眩晕，我闻到了烤面包机的味道，吐司不管放在什么位置都会烤焦；我听到了汽油咕噜咕噜流进地下油库的声音。我想到了那一天，我终于可以喝上用菊苣根制的伪咖啡，那表明我不再是个孩子了，然后我每天都喝，没有向任何人说其实我不喜欢那个味道。

　　我差点哭出来，可又想到了答应薇薇安的事情。我穿上了衣服，听到外面有脚步声后兴奋地来到窗户边，我想她今天来得很早。

　　外面是警察。

第五部分

露水告诉我天快亮了。

马上清晨会照亮这一片景色，当事物发光时，一切都会好起来。

第十三章

他们有三个人，试图穿过堵在门口的枯死的黑莓丛。他们还没有看到我。我赶紧跳到后面，正好有时间爬上石堆，从小洞钻出去。我穿过小屋后面的草丛，一口气跑到饮水槽。我蜷起身藏在后面，气喘吁吁，过了好久才往房子看过去，但只透过窗户看到那些人的背影。我想了一下，我应该没有落下东西，夹克衫在身上，因为我刚刚醒过来。他们可能看到了我睡觉的草堆，但里面一半都是坍塌的。

呼吸平复后，我跑到小山坡，就是每天晒衣服的地方。太阳还没升起来，今天这个地方跟平时不同，让我觉得害怕。但也许是因为警察在搜我的房子——第一个完全属于我自己的房子。我等了又等，躺在小山坡上，警察们还没走。我从另一半草堆上滚了下来，背靠斜坡，这样就没人看得见我。我多么希望薇薇安这时候不要出现。因为她是个女孩，而我父亲经常说女孩只会添乱。

不过薇薇安一般不那么早来，她会给我时间准备。她知道对我来说准备的时间很重要，而且她也不是添乱的类型，她宁愿去死也不会背叛我。但如果到了那一步，如果他们开始折磨她，让她开口，我会命令他们放她走，因为她什么都没做，这是他们跟我之间的事情。我会对薇薇安说："你走吧，现在。"她最后一次转过身，满眼泪光，我会朝她微笑，向她点头示意："一切都没问题。"尽管我们都知道这不是真的。然后我会取掉帽子和面具，我对他们说："我就是你们要找的人，我就是狄亚哥·德·拉维格。"他们不会相信自己的眼睛。

我再次醒来，全身是汗。我一开始以为我是做梦梦见的警察，后来我发现自己躺在草坪上，太阳直射在身上。我爬到小山坡上，警察们走了。这种情况以前发生过一次，我在经历了一次情感大爆发后就这样昏睡了，但那是很久以前了。我感觉好点了，草堆很暖和，一如往昔。

我笑了，我做到了以前无法做到的事情——成功重新入睡。

▶▶

我尖叫着醒来，因为有一条黑龙朝我扑过来。我快冻僵了，脸颊发烫。天色已晚，跟烟囱一样黑。草地是湿的，也就是说已经很晚了。一整天我都在露天睡觉，我知道我肯定着凉了。

我往饮水槽爬过去，一个小小的声音提醒我要小口喝，慢慢来，但我完全任着性子来，让水顺着喉咙灌下去，一口气喝了一大口。水有种石头和金属的味道。我肯定是生病了。

我平复了呼吸，靠在石板上，再次站起来，朝小屋走去。

现在可以从前门进去了，我把黑莓丛放回原位，然后从屋顶的洞钻进去，这种仪式感对我来说很重要。一栋漂亮的房子值得我这样做。我靠在墙上，脚底发软。我准备去睡了，不知道薇薇安是否来过。

露水告诉我天快亮了。马上清晨会照亮这一片景色，当事物发光时，一切都会好起来。我把身体裹在夹克衫里，等着天亮。从昨晚开始我就没吃东西，但我并不饿。可想到母亲的扁豆时，我的胃还是会抽筋，这不是一个好信号，我状态不太好。

总之，不去上战场是正确的。不然我将是一名出色的战士，大家会四处高喊，"红色警报，'壳牌战士'不见了"。我的队员们会陷入恐慌，最终人们会在战场中央找到沉睡的我，勋章与我无缘。是的，也许这样更好。是我打肿脸充胖子，其实我需要有人来照顾我，佐罗都有贝尔纳多照顾。

贝尔纳多、薇薇安、龙……一束光照到我的眼皮上，我不想被带走。大地在摇晃，我只想待在学校里。

我坐直了，眼皮耷拉着，嗓子痛得要死，就像哭过似的。天亮了，我没有那么冷，但还是不舒服。洗衣服吗？不，太远了。明天再说吧，我不想错过薇薇安。

▶▶

薇薇安没有来。第一天，第二天，第三天……后来我想起来我们从没在这个房子里再见过面。我吃了点草，我甚至试过吃土，喝凉水，跟发烧对抗，脑子里的另一个声音对我说我应该回家，趁现在还有力气，现在出发还来得及。我必须尽早回到加油站，让母亲照顾我，她会安顿好我的。

但是我还想再等等，再多等一天、两天，或者再等最后一天。

当我明白薇薇安不会回来时，已经过去太多天了。持续的发烧和饥饿消耗了我的体力，我明白我没法从 Z 字路下去。事态变得很严重。

我甚至没有力气去找水喝，只能留下来等死，静悄悄地消失在这个世界，就像外祖母那样。

▶▶

我害怕过，但没有持续很久。最终，让人害怕的是未知的一切。薇薇安到底来不来，我到底会怎么样，麦克雷下一次会在哪里让我摔倒。现在，一切都清楚明了——薇薇安不回来了，我会死去，而麦克雷可以对我随心所欲，他看起来像个大笨蛋。

等等，麦克雷，我已经不记得他的模样了。我只记得他恶狠狠的双眼。太好笑了，我曾经那么讨厌他。这一切都过去了。

不知道是第六天还是第七天，总而言之，都是简单的数字，我的精神在高原上寻找着我的女王。这样更加容易，飞比走轻松，我不用担心受冻受饿。我可以几秒内飞到很远的地方，从

一端到另一端，最后回到太阳升起的地方。但我还是没有找到
她住的地方。然而，如果高原上有一座城堡，那应该是很容易
发现的。

我不应该在睡觉前闭上眼睛的，这就是问题所在。我想卖
弄，结果遭报应了。我念了一段祷告词。

要么就是上一次跟薇薇安见面的时候说错了什么话，做错
了什么事。但没有啊，我们玩了许愿游戏，她看起来很幸福。
她背叛了我，事实就是这样。女孩很碍事，转身就背叛你，永
远不能信任她们。另外，佐罗或者超人都没有结婚，虽然我对
后者没那么喜爱，因为他的制服有褶皱。是不是薇薇安叫来的
警察，告诉他们我的地址？不，她不会这样做。也许就是我运
气不好，他们应该是在高原上一个个地搜查，就是这样。

一天天过去了，白天与黑夜交替，通过屋顶的破洞可以看
到云朵、月亮和太阳。我早上发冷，傍晚发热，浑身冰凉，就
这样混沌度日。

突然，我领悟了，坐起来哈哈大笑，像驴叫一样。我明白了，这一切都不存在。从来没有高原，也没有薇薇安。我没有最好的朋友，我没有在岩洞里祈祷，我没有在山头喝水。也许我自己都不存在，再说没几个人认识我这个加油站的笨蛋。我跟其他人一样，是个正常人，一个再普通不过的男孩子，决定通过 Z 字路爬上悬崖。我晕倒过，这是整个故事唯一真实的地方。我摔倒了，跌落在山谷底部，现在我快死了，这一切都是死前最后一秒的回放。

就是这样，现在我快死了，我终于可以不用受苦了，谢谢。

▶▶

一道反射的光吸引了我的注意力。我的眼睛上有只苍蝇，我追赶着它，在一块坍塌的土石后面发现了一个帆布包，上面有金属扣。金属还是热的，我的手指都肿了，花了点功夫才打开包，当我看见里面的东西，只能干号。所以这次不算是哭，因为我没有眼泪。

里面有一封信、三盒扁豆和一个开罐器。信封上有我的名字，当然是"贝壳"。我早就忘记了饥饿，马上打开了信。薇薇安的字体很漂亮，跟内容很贴切，但是这些字对我来说太复杂了，特别是我现在的情况很糟糕，单词跳来跳去，字母也在转圈。

我打开第一罐扁豆。我吃得太快了，因此很不舒服。于是，开第二罐时我就慢慢吃。我觉得渴了，但没有力气去饮水槽喝水。晚点再去，我会去的，我发誓。我胃里的半盒扁豆需要时间消化。我可以想象清水滑过唇边的感觉，我的嘴唇像这块土地一样对水非常饥渴，这一切将会非常有趣。

我拿出信，把鼻子凑上去，上面有学校的味道。薇薇安肯定是在警察来的那天来过，那时候我在灌木丛后面躲着睡觉。她把包放在很明显的位置，我晚上回来的时候肯定碰到了，但我发着高烧，什么都看不见，于是包滚落在一旁。这是说我们不再相见吗？信里的内容应该可以解释，但我得看懂才行。我认识每一个单独的词，但是连起来我就看不懂了，就像在学校跳绳子舞。我当年甚至连绳子都无法系好，更别提读一封信了。

突然我觉得极其愤怒，责怪薇薇安写了一封我看不懂的信，责怪自己，责怪自己所有的问题，责怪我的父亲不爱任何人，责怪我的母亲原谅了父亲，责怪总是能找到入口钻进我卧室的蚂蚁，责怪总是把吐司烤焦的面包机，责怪毫无用处的饥饿和寒冷，责怪这封该死的信，责怪它所有的秘密，我用双手撕碎了它，越撕越小，直到没法继续撕下去。薇薇安在信里说了什么我不在乎，那应该不是重要的事情，不然她会等我回来念给我听。她本应该在给一个笨蛋写信之前想清楚的，可惜她没有。

我很快就开始后悔自己的所作所为。我的确是个笨蛋，不管我做什么，人们总是有理由说我错了。我在脑袋里把信重新贴好，突然我会读了，我听到了她的声音，我看见美丽的字句像一束光一样流淌下来，一切都是那么清晰明了。薇薇安说她明天再来，一切一如既往，她很抱歉让我害怕了，再见。

喝水，我要去喝水。

我会去的，我用干枯的嘴唇嘀咕了一句，再等几分钟。

第十四章

我想站起来去喝水。一只手按住了我的肩膀，把我按在地上。我的嘴唇碰到了金属，一股水滋润了嘴唇，我的胃运作起来。天色已晚，但我还是没法闭上眼皮。我大喊，无论如何我就想喊，因为我什么都没听到。

不知道这样子过了多久，他们把我扶起来，一下子把我按住。终于，我可以睁开眼睛了，看到一团棉花在靠近，我挣扎着。从小时候开始，我就害怕碰棉花。我没法解释原因，那感觉就像是牙齿快掉了，或者是用指甲在黑板上划过，看谁能坚持最久。我大喊，但没用。温温的棉花划过了我的睫毛。我的牙齿没有掉。

痛苦慢慢消失了。我像溺水那次一样漂浮起来，漂浮在绿光、光斑和沙尘中。心跳最后一秒，人们拿出水给我，我感觉到了巨大的平静。我知道我会喝到水，一股波浪把我送到沙滩上，我一片茫然但安然无恙。

某个湿漉漉的东西贴在我的脸颊上，我感觉到温暖的风，闻到奇怪的味道。我抬起手，碰到了一个巨大的毛绒玩具，我睁开眼睛，尖叫出声。比利牛斯山的牧羊犬把舌头贴在我的脸颊上，它舔了一下，然后跑出去了。

我大吸一口气，宛如新生。烧退了，我想坐直，但起不来，只能四处观望。屋顶换了，不是我那个有洞的屋顶，取而代之的是一个木制的房梁。我转过头，天亮了，透过窗户我看见一辆旧的卡车，绿色。我肯定在哪里见过它。

大白狗回来了，它坐在离床不远的地方，舌头伸在外面，就这样看着我。我伸出手去抚摸它，它所在的位置正好让我能够碰到它。我喜欢狗，但我不被允许养狗，我的母亲很忙，我没法照顾一只动物，它最后只会落到跟萨图兰一样的下场。萨图兰是一只小母鸡，是我在学校的游艺会上赢来的，或者说人们看我可怜送给我的，这样看来做笨蛋还是有那么些好处的。萨图兰最后变成了一只大母鸡。有一天我忘记锁上它的笼子，结果它在山谷的路上被碾死了。所以我不能养狗。

　　我听到外面有脚步声，马迪低着头走进来，他个子很高。我发出"啊"的声音，因为现在我认得出来这台绿色的卡车了，然后我又睡着了。

▶▶

　　一天晚上，我醒来了，仿佛什么都没发生。马迪坐在大桌子旁，喝着一盘汤，正视前方。他在架子上拿了一个盘子放在他对面，继续吃东西。我坐下来，用他递过来的漂亮的小刀切了一块面包。我们在一起吃东西，但没说话。

就像佐罗的忠实仆人贝尔纳多一样，马迪是哑巴。有一天，他来到山谷，没人知道他来自哪里，或者说没人告诉过我，他也没法开口说话。他是高原上的牧羊人，加油站的常客。

我父亲看起来并不喜欢他，我不明白为什么，至少他不会去平原找汽油。每次马迪来的时候，我的父亲总是抱怨说现在他们只来这里，完全没消停过。我问父亲他们是谁，父亲只是说："不是这里的人。"当我继续问他来自哪里，他回答说他也不知道，也懒得管，可以肯定的是他不是本地人。

马迪很帅，真的很帅。白头发说明他上了年纪，然而他看起来没那么老。他很高很壮。有一次，他的绵羊从卡车里跳下来，我当时正在加油。马迪一只手抓住了羊，把它扔回了卡车里。好吧，这只不是最大的羊，但他也很厉害。

角落里的老人们称他为"无声者"。我的父亲听说他的舌头被割掉了，我的母亲说我父亲瞎说，他是生下来就不会说话。我毫无头绪，没人敢去他面前看他的嘴巴。我趁他喝汤时偷偷瞟了几眼，但什么都没看到。

吃完饭，马迪把小刀收好，我们走出去，坐在门口的大石头上。天还没黑。太有趣了，因为我们身边是同样的山，同样的高原，跟我在小屋看到的景色一模一样，只不过小屋不见了。马迪拿出一支烟，掰成两截，给我一半。我摇了摇头，他把半支烟放进口袋，抽掉了另一截。我满足于闻闻烟味，这样就够了，我很高兴他至少向我提议过。

我询问他怎么找到我的。他的眼神有点飘忽，然后定在那条狗身上。狗肯定闻到了我的味道，它在马迪放羊的时候把我拖了出来。

我习惯了加油站的寂静，不说话也没关系。但我想马迪肯定很好奇我怎么跑到这里来了。我们上次见面时，我穿着漂亮的壳牌夹克衫给他加满了油。而这一次他找到我的时候我已经奄奄一息了，穿着同一件夹克衫，但上面沾满污渍，一只袖子也掉下来了。然而他不知道，在这个只有绵羊和草堆的高原上，还有一个自称女王的女孩儿。

于是我跟他解释了一番，虽然他什么都没问。我的父母想送我去很远的地方，我决定向他们证明我不再是个孩子，后来我遇见了薇薇安，她让我觉得自己很重要。

然后我跟他描绘了薇薇安的模样，金色的刘海，让人有点害怕的黑色的眼睛，她走路的方式就像龙卷风。

她给我写了一封信，但我给撕掉了，他有没有凑巧捡到一些碎片呢？马迪摇了摇头。我对他说我不明白她为什么留下一封信就不见了，他笑了，这是我第一次看见他笑。他从口袋里拿出一张泛黄的照片，那是一个发型比较奇怪的女人，额头前有几块金色的头饰，还有两个笑呵呵的小孩儿，女孩缺了两颗大门牙。我不知道这张照片有什么故事，只能说我喜欢这些颜色，我想这样应该会让他开心。他摇了摇头，把照片收了回去。

他抽完了烟，烟头在他的指尖消失了，他不需要去熄灭烟头。风中只留下了一些烟草的灰烬。突然我觉得很悲伤，我很遗憾他在小屋里找到了我。他本可以把我留在那里，让我死去，反正也没什么不同。我情不自禁想东想西，但我明白这不是很有礼貌，然后说了声抱歉。他只是摸了摸他的白胡子。我是因为薇薇安才这样，我向他解释。

说出口后，我才意识到不是因为薇薇安，而是因为我的父母、麦克雷、学校，我才变成这样。我没办法向他们展示我真正的样子，我不需要任何人，我可以一个人上路。我对马迪说了这些话，我想我这辈子都没这么健谈过，就连跟女王在一起时也没有。

最后，我向他坦白了我最害怕的事——薇薇安是否真的存在过。我越是回想，越觉得她是我创造出来的。我有过想象中的朋友，一只吹口琴的猫。

马迪很特别，这点不用怀疑。因为他看了我好长时间，然后才开口说：

"你的女朋友，小巴黎人，我认识她。"

第十五章

有一天，那时我应该有八九岁，但还没有满十岁，有一家人开着车来到加油站。那辆车看起来像是宇宙飞船，十分怪异，但是我的父亲用满是羡慕的眼神看着那辆车。那辆车实在是太大了，我伸出双臂都够不着两边的轮胎。

他们是美国佬，我父亲说。车的牌子是别克，我们以前没见过。他们用宝丽来相机拍照，然后把照片留给我们。等他们走了之后，我才发现有个男孩掉了一盒全新的玩具，特种部队的人偶玩具，这是我这辈子从没见过的。

我实在非常想玩玩具，但我的外祖母对我提到地狱，我知道特种部队不属于我，于是把它放在床边，等那家人回来。我的父亲嘲笑了我，他说那些美国人永远不会回来了，就算他们回来，我们就说没找到他们的玩具，我这辈子都见不到这样的玩具，我最好可以好好利用它们。

我拒绝了。盒子就放在窗台上，一直在那里。阳光剥去它外壳的颜色，但里面的士兵都是全新的，我时不时拿出来看看它们是否还好。最后一次拿出来是我离开加油站那天，我还让士兵在房间里走了几步，防御、进攻、开火！这不是在玩玩具，我对自己说，只是维修关节而已。

马迪让我想到了特种部队的玩具。他从不说话，他的声音本应该生锈了，但不是这样。他的声音就像旧盒子里全新的玩具，准备行动，又像是山泉水一般清澈，人们完全不会想到白头发下居然拥有这样一种嗓音，泉水"叮咚"响着，敲打着鹅卵石。他稍微有点口音，让我想到了外祖母，虽然不是同样的口音。

我一下子哑口无言，因为脑子里发生太多事情，我没法一一分类，为什么哑巴开口了，他怎么知道薇薇安和她的地址。我很快恢复了呼吸，他把手放在我肩膀上，一个个回答我没有提出的问题。

但也不要以为马迪会侃侃而谈。他尽量用最短的词句，加上点头、皱眉、摇头的动作。他哼一下表示"好"，再哼一下表示"不好"。在他们老家，这样说话会造成麻烦，但他忘记了这一习惯，而且作为一个牧羊人平时遇不上什么人。如果有人提问，他会回答，但基本上没有人提问，所以大部分时间他都不开口。

我同意，这跟加油站的情景差不多。不同之处是与其变成哑巴，我宁愿玩玩具或者随意说话，这样他们就不会随意进来。

马迪认识薇薇安，每年夏天进山放牧都会经过她家。她的父母买了一栋老房子。他们每年从巴黎过来度假，一直待到夏天结束的时候。

我马上问马迪夏天还剩下多少，他告诉我今天是 7 月 13 日，我可以自己算。我摇了摇头，装作若有所思的模样，随口说这个夏天还很长嘛，试着模糊自己疑问的语气。结果我失败了，说出口的是个问句。马迪哼了一下表示"是的",于是我如释重负。如果夏天还很长,那就是说薇薇安还在。如果她还在,那么我们就会见面,这是有可能的。

我恳求马迪带我去她家,现在就去。我迫切想知道她是否跟我在同一个平原上,这个想法让我抓狂,我想见她,问她为什么忘了我,我可是她最好的朋友啊。马迪笑了,他说那得走上好长一段路,明天再说吧。

我这辈子从没听过这么蠢的话,但如果开口这样说是不礼貌的。

▶▶

牧羊人站起来,回到屋子里,走出来时拿了一瓶没有标签的瓶子和一个小玻璃杯。他坐在门边,把杯子灌满了,然后递给我。我闻到了酒精的味道,对他说我没有权利喝酒,我曾经喝过啤酒,结果做了很多蠢事。他耸了耸肩，一口气喝完了。他的白酒闻起来像是雨后的草坪、湿润的鲜花，但是带着苦涩，仿佛刚刚来过的暴风雨。

太阳消失在高原另一端，眨眼间，天就黑了。我累了，如果我睡得太晚，第二天早上脾气会不好，而且明天是很重要的一天。我拥抱了马迪，这个举动似乎有点吓着他了，其实也吓着我自己了。他在那里抱着双臂，像个傻瓜似的。进来后，我看到他又给自己倒了一杯酒，然后一口气干掉。

那一晚，我做了一个噩梦。通常我做噩梦时，父亲会摇醒我，让我停止呻吟，因为这样他会睡不着。如果是把我吓哭了的噩梦，则是由母亲来安慰我。

我醒来的时候一身大汗，拂晓静悄悄爬到了床对面的墙上，马迪让我住在主卧。我不记得我的梦，但我想我的母亲，于是我幻想她在这里。我紧紧抱着她，等待天亮。我一直等着，等待阳光赶走所有的恶魔。

但是恶魔们太强大了，它们总是躲在意想不到的地方。

第十六章

等我终于敢起床的时候，周围已经完全没有声音了。马迪还在睡。清晨的高原在发光，我感觉自己很强壮。我来到饮水槽，后面的小棚子里传来好闻的羊羔味道。我全身赤裸，将头埋入水中。

水实在是太凉了，我跳起来，无声地呐喊，冷水夺去了我的声音和思想。然后我转过身，这一次我全身都湿了，身体冻得发青，我无法呼吸。我以前很少会有这种感觉，随后我把衣服一件件洗干净，跑到草地上光影交界的地方。我把所有物品摊放在第一缕阳光下，美丽的阳光刚刚出现，还没有照亮其他地方，甚至还没有掀起尘雾。我躺在夹克衫旁边，双手交叉，把夹克衫的两条袖子也交叉放，开心地咯咯笑。

今天，我要去薇薇安家。

我一会儿还是要回到马迪的小木屋，外面太冷了，我的小鸡鸡快要缩进去了，我拉扯了一下，怕它消失不见了。我只能穿上短裤，因为其他衣服都没有干。马迪还没起床，我只能去他房间看看。

那天上午，在这个被黄色的太阳光照亮的房间里，我明白了一些重要的事情。我是个奇怪的人，不同寻常，而且有很多毛病，没错。人们一直在跟我重复说这些话。但最终，大家都跟我一样。每个人都有他的噩梦和敌人，例如麦克雷，只不过换了个名字而已。

马迪躺在地上，眼睛闭着，轻轻打呼。床下有一个空瓶子，臭臭的奶酪味直冲鼻子，我差点跑出去，但我想起来我需要他。我摇晃着他的身体，提醒他别忘了带我去薇薇安家，但他一直贴在地板上呻吟着。我问他薇薇安住在哪里，也许我可以自己去，他的嘴巴动了。我靠过去，他说道："羊，羊……"

我刚开始非常生气，然后想起来他之前照顾过我，就什么都没再多问。所以我不再去想薇薇安，至少装作如此。我从水槽拿来一块灰色的破布给他擦脸，就像母亲照顾发烧的我还有父亲。过了一会儿，马迪坐直了，他吐在了地上，我也吐了，我们病得不轻，十分狼狈。

下午，他醒了之后，让我照顾羊。他说他的狗会帮我的，接着又睡着了。我去看房子后面的羊，在那里像个傻瓜一样张牙舞爪，没人教过我如何放羊。我的工作就是加油，就连这件事也不是马上就被批准去做。我必须好几个月跟着父亲，直到赢得他的信任。羊群盯着我，仿佛在期待什么，而我并不清楚是什么，一想到让它们失望我就觉得恐慌，从某种程度上来说它们就是我在加油站的客人，我有责任服务好它们。

它们有水喝，水是直接从饮水槽接过来的。我想它们也许想活动一下四肢，于是打开了门。它们一下子冲出来，往山上跑过去，我跑在它们身后，但一只都没抓住，最终我筋疲力尽躺在草地上。我没想过它们跑得这么快，只是羊而已。草地如此柔软，像是披了一件羊毛衫。

我突然意识到我只穿了短裤，一下子脸红了，幸好没人看到我。我收拾好衣物，在脑子里想等会儿要怎么跟马迪交代。我放跑了一半的羊，而且天黑了。他下次可不会如此信任我。如果我要马迪帮我去加油，他把油洒得到处都是，人们会责怪谁？当然是我。现在只不过换位思考。

我试着计算一头羊大概多少钱。五法郎？十法郎？我希望马迪不要让我赔偿。我意识到我把钱都放在加油站的储钱罐里了，去战场不需要钱。

马迪的狗从房子里出来，它小跑过来，只吼了三下，那些羊就聚集起来了。它们朝羊圈走去，不需要有人带路，这意味着狗比我聪明。我总算大大地松了一口气。

当我回到房子里，窗户已经打开了，马迪站着，在厨房的水槽边对着一个锅底剃胡子。没胡子的他看起来更年轻。他没看我，只是问我羊群怎么样，我回答说："还好。"他说他明天会带我去薇薇安家，我们再也没有讨论过当天发生的一切。

夜幕降临，我们听到了狼叫，声音好像能把窗户都震破，不过这里没有窗户。那是山谷里 7 月 14 日（法国国庆日）的烟火，马迪解释说。在高原，我们就只能听到声音，坐在门边，闭上眼睛，想象接下来的画面。

当马迪宣告我们快到了的时候，我拒绝再往前走。太阳刚刚升起来，我们穿过了房子后面的牧场。一堆石头后面是延绵无边的山脉，马迪指着一片松树林说道："你的女朋友就住在后面。"

突然，我感觉一下子无法承受，跪在路标的岩石上，把手放在耳朵两边，因为脑子里有太多声音。也许薇薇安不想见我，也许她觉得我太蠢了，就算她找到更委婉的方法这样说。在学校发生过好几次这样的事情，新生在开学的时候找我讲话，但我一开口，他们就做怪相，接下来一整年都避免在课间休息时见到我。

我求马迪一个人去。如果薇薇安想见我，她只需要告诉他；如果她不想，她也只需要告诉他。马迪嘀嘀咕咕说道，他现在成了仆人。我看着他，一脸茫然。他翻了个白眼，然后消失在松树林后面。

我坐下来，试着让自己恢复平静。感觉过去了好几个小时。我紧紧盯着松树林，想让马迪早点回来。我成功了。他巨大的身影出现了，尽管很远，他看起来还是很高大。他走路的方式很好笑，一条腿迈向前方，身体仿佛后知后觉，试着追上已经迈出去的那条腿。其实我对他走路的方式不在乎，我就想他走快点。

他终于到了。他的手在荷包里找东西，身体转向高原开阔的这边，眼睛看着前方，一言不发，让人以为他忘记了自己是谁、身处何方，就连我都觉得他这个样子很奇怪。他就像老人们口中奇怪又神秘的"无声者"。

我差点说出口："然后呢？"但是这种词一般会招来不好的消息，我之前有经验。然后校长说你不能再去上学；然后你的外祖母很爱你，但她离开了；然后不行，圣诞老人不存在。这样的"然后……"太多太多，我有一长串名单。

但是马迪什么都不说，我必须自己开口，我实在忍不住了。

"然后呢？"

"然后他们走了。"

我就知道。我就应该闭嘴的，我真是笨蛋。我抓头发直到弄疼自己。

"房门关上了。"马迪继续说。但我听不下去，跑开了。薇薇安女王的城堡就在松树林后面，当然不是一个由千万块月光石堆起来的城堡，而是一个旧的房子，底层是崭新的木头梯子。我没法相信马迪口中的城堡，但无论如何，我也掩饰不了自己的失望之情。但我的失望没有持续很久，因为最重要的是，房子关门了。我得眼见为实，就像教理书的圣者不相信复活的小耶稣，直到他把手指插入他的伤口。当神父上课讲到这一幕时，我甚至吐出来了。

薇薇安走了，她带走了我们的游戏、我们的微笑、我不喜欢的谎言，例如她说会永远跟我在一起。

▶▶

我不记得怎么回到马迪家的，只知道睡了很长时间，就像是不开心的时候那样。他什么都没说，继续放羊，就当我不存在似的，这从某种程度给我一种在家的感觉，让我好过了点。

我最终还是起床了。马迪有个日历，我问他今天几号了，然后我的生日在哪一天，他哪一天找到我的，我试图重新构建我离开家之后的时间线。我当然知道只不过是某一天、某个星期或者某个月，然而"长时间""很久"这样的字眼让我觉得迷糊。我知道我是将近 6 月中旬来到高原的，因为薇薇安说当时是我过生日前两个月，如果说今天是 7 月 17 日，那是否意味着过去了很长时间呢？而我的生日——8 月 16 日，是马上就到了，还是很久以后呢？当我问马迪时，他回答说这个取决于我的耐心。我又掉入了陷阱，如果说时间取决于我自己的判断，那么我还没准备好走出来。

我自己甚至发明了一种测量时间的方法。马迪的日历看起来跟父亲工作室的一样（封面是穿着橙色泳衣的女孩），张开的手掌，从大拇指到小拇指就是从月初到月中的距离，两只手张开就是整个月。我离开加油站已经一个手掌加三个手指，距离我生日还有两个手掌加一个手指，这样就很清楚了，就像是科幻片一样。

我有过选择。我可以离开，上战场，或者在某个地方找份不太复杂的工作，但是我决定等薇薇安，也许她会回来。马迪什么都不知道，他们只是夏天才来，这是他们第一次在夏末之前离开。他试着让我明白，房门已锁不是什么好预兆，我决定不听他的。我可以做得更好。

我跟马迪提议帮他打下手，如果他让我睡他家，并且给我东西吃。他想知道我是否喜欢绵羊。我近距离见过一只绵羊，还是马丁·巴里尼在室内介绍圣诞节那次，但是我决定撒谎，我准备回答说没有人像我这样了解绵羊。只不过我是一个糟糕的撒谎者，有些事情不对劲，我说不出口。马迪看到我快生气了，他问我是否分得清楚绵羊的前面和后面。这个我会。他在我肩膀上拍了两下，对我说：

"你被雇用了。"

第六部分

我受够了，
整个夏天积累的郁闷爆发出来，这一次我决定放手一搏。

第十七章

我认为马迪的决定没错，因为我对放羊这活一下就上手了，他接下来委托我干越来越重要的任务，例如检查羊有没有生螨病或者是木桩的情况。只要出一丁点差错，这群牲畜就要受苦，这个季节的牲畜数量最多，这些羊就像他的亲人一样。

说实话，这份工作完全无法跟我在加油站的工作相比，但我决定不去想这点。马迪在离房子最远的地方制作奶酪，奶酪实在是太好吃了，我甚至可以一口气吃掉一整块，然后重新摆放架子上的奶酪，不然会被发现。

马迪跟我有个协议。等绵羊晚上回到羊圈，直到晚餐前我都是自由的。我会跑过草原，径直来到薇薇安家。在路上，我想象如果百叶窗开着，我会做什么，我们会说什么，我很惊恐，我们是否要拥吻、握手，是否会跟希尔薇姑姑来时一样不知所措。这个冬天，我父亲的姐姐第一次来看望我。

但终究只是想象，房门紧闭。我在那里坐到最后一秒，我知道马迪不喜欢我吃晚饭迟到，尽管我们不说一句话。也许他们去了山谷，我自言自语，他们马上会来这里。他们肯定会在加油站停下来，或者是被困在一辆卡车后面。不久以后，我就会看到路上的沙尘。他们就快到了，只是时间早晚的问题。我一直数到十——一、二、三、草原上的秋水仙、蓝白红、ABCD、五、六，我忘记数到几了，一、二、三……

他们从没出现，第二天我重新开始。我使尽全力对视这座房子，我把自己想象成超人，他的激光眼可以穿透这个房子。我试着猜测哪扇窗户是薇薇安房间的。我觉得是上面的，靠近森林那边。我用我的激光眼，把房间里女孩的玩意儿都变成了粉红色。

一天又一天过去了，我在日历上追着数，为了不错过时间点。终于到了 7 月 29 日，我明白了两件事，其中之一就是我得离开了。

29 日的下面有个空心的圆圈，这意味着满月。我的外祖母告诉我，透过窗子看满月是不吉利的。所以在加油站的时候，我都会在那一晚把窗帘拉上，为了不惹麻烦。马迪家没有玻璃窗，大部分是木头百叶窗，除了后面的小屋子有一块脏玻璃，没有百叶窗。我很了解我自己，我知道玻璃会引诱我去看满月，尽管我并不想这样做。马迪不在的时候，我做了一件事情，我把玻璃窗砸破了。他回来后马上就注意到了，因为有穿堂风。我装作不知情。他给我使了一个奇怪的眼神，很明显我有撒谎天赋，因为他什么都没说。我们割了一块木板放在那里。喝完了搪瓷碗里的汤，我跟往常一样来到饮水槽洗碗，然后睡觉。我现在可以安静入睡了，马洛奇罗，你怕了吧！

马迪给我指之前那个小屋的路，我去寻找薇薇安的信，但是找不到。我回去过好几次，只要一有时间就去，我试图找回那个古老的岩洞，转了几圈，随意找了一个方向，但不敢走太远，我怕迷路了。薇薇安实在太厉害了，因为我还是没找到。

8 月来了。炎热吞噬了高原，但时不时有凉风吹过，在炙热的空气和草地之间有那么一块凉快的区域。一天早上，我发现马迪跟我第一次见他一样，人在床上发抖，地上有个空酒瓶。那一天，他的狗和我一起去放羊。那条狗叫作阿尔巴，我们成了好朋友。回来后，我看到马迪在洗手盆里刮胡子，第二天，大家都忘记了这一切。

我对自己说，也许薇薇安跟我的情况一样。每天去她家，结果都是大门紧闭，我停止想念她。不同之处是，事实上，我并不想停止想她，这份思念是我的支柱，也正是基于这点，时间并不起作用。

一天晚上，马迪偶尔开了口，他问我这个女孩有什么特别之处。我耸了耸肩表示不知道，但我记得跟她在一起时，我什么都不怕，这份舒适的感情让我的生活变得轻松了点。我很难用言语跟他解释。

第二件蠢事我是在 8 月 17 日干的。暴风雨的第二天，夏天被一分为二。暴雨洗刷了炎热和灰尘，在那之后，傍晚是凉爽的，秋天就这样飞速到来。我们把羊赶到了新的草地，离现在的房子有点远，让后面的草坪稍事休息。我们听见了一辆汽车的声音，跟往常一样，我躲在路堤后面，因为不知道是否还有人在继续找我。汽车停了下来，马迪驱赶走羊群。过了一会儿，再也听不到马达声，我站了起来。

汽车没动，司机刚刚挂电话，马迪这时在清理道路，大喊"哈！"手里还拿棍子鞭打羊群的屁股。汽车里有四个人，坐在我这边的后排的人转过身来，直勾勾地看着我。

是麦克雷。我们四目相对，我顿时没法呼吸，不久他转过头去。

　　他没有认出我来。是的，我们很久没见过面，自从我离开学校就没见过他。我们这个年纪的孩子都长得很快，变化很大。我身上都是灰，跟在羊群后面，风尘仆仆。但其实他还是那个样子，我也是。说到底，离开了学校，对麦克雷来说我就是不存在的，我觉得如果连我最大的敌人都没法认出我来，那一切都没价值。我白白挨他的打，白白被父亲当成弱者看待，回到家一只眼睛乌青，父亲对我说我的血液里流淌的不是血，而是意大利丸子的果汁，这一切都没有意义。

　　我一下子变得疯狂。不知道怎么回事，我从路堤跳出来，大喊大叫，使尽全力拍打车窗玻璃。司机马上下车，应该是麦克雷的父亲，他们长得很像，有着同样邪恶的眼睛。马迪马上就过来了，他把我拉到后面，把我扔到小土堆上。他很强壮，我在土堆上转了好几圈才直起身来。

　　远远地，我看见马迪跟司机讲话，他从口袋里拿出钱给了他，司机什么都没说，这事就算解决了。前排的乘客有些慌乱，但是坐在后排的麦克雷咬紧了牙关。这才对，这才是我认识的麦克雷，我顿时心安了，我们之间的仇恨还是完好无损的。马迪最后赶走了羊群，汽车朝山谷开走了。他们应该是过完假期回来，有些居民从高原上抄小道，避开国道的塞车。

马迪什么都没问我。他真是太酷了！但是经过拍打车窗这事，我们之间的关系跟以前不同了。我注意到他观察我的眼光有点怪，时不时，他问我需要为我做什么，就像我的父母那样，只不过他没有找来某个人把我领走。马迪从没吼过我、打过我、恶语中伤过我，我永远不会忘记这一点。

8月27日，我对马迪说，今天是我生日，我给他看了日历。他只拍了一下我的背，仅此而已。晚上，在我的想象中，我收到了很多礼物，一套新的特种部队玩具，跟我之前那套可以组成军队，还有一辆电动火车。然后我点燃了蜡烛，这是为了驱赶高原的黑暗。我有一千岁了，我跟四处燃烧的石头和火苗一样古老，宇宙中没有足够的位置包容它们。我把它们全部吹熄了，夜幕已然降临。

8月31日，我最后一次去薇薇安家，看她在不在。

百叶窗还是关闭的，这很正常。对其他人来说，学校开学

了。我明白她不会再回来，故事到此结束。

而我得重新上路。

第十八章

这个夏天，在马迪家度过的漫漫黑夜中，最难熬的部分就是他家没有电视机。我家曾经有一台电视机，一台闪闪发光的机器，我天天抱着看，我的父母说这样能让我安静下来。我太爱电视机了，甚至可以盯着它漆黑的屏幕一动不动，我脑子里有现成的画面。我很难理解为什么人们可以不要电视机，既然他们知道电视机的存在。一想到此时，佐罗可能正在土匪的肚子上画Z字，而我看不到，我会顿时感到很恐慌。

我用这个借口跟马迪告辞。我也许不太灵光，但我什么都懂。我不能对他说是为了不给他惹麻烦才离开的，不然他不会让我走的。

电视机这一招奏效了，他看着我，摸着胡须，仿佛不信任我。最终，他没有争辩，咳了两声，耸了耸眉毛，他用他的方式对我说，我可以走了。

我解释说，薇薇安不住在那里，她没法用关着门的房子折磨我。我可以安安静静成为一个男人，正是因为如此我才离开了父母。有一天，我会回去继承加油站，没有人可以说三道四。

马迪笑了起来。如果是因为一个女孩，我陷入了如此复杂的境地，那么这就意味着我已经是个男人了，我可以继续待在这里。他这么说让我很开心，我忍不住给他秀肌肉。他点了点头，没错，的确是男人的肌肉，我们一起哈哈大笑。

但我还是得走，我们两个都很清楚。马迪从抽屉里拿出一张脏脏的大地图，他向我解释这上面有些路没有标出来，但足够用了。当他打开地图时，上面的蓝色吸引了我的眼球，土地和森林应该非常羡慕这片蓝色的海洋，它实在太美了。我在书上看过大海，但没见过真正的大海。我把手指放上去，马迪点了点头，好像在说我选得对。我们走出门，他给我指了一下南方在哪儿，大海就在那边。他建议我晚上走，怕路上有人把我认出来，警察会带走我，送我回家。我必须留意说话的对象。如果我遇见像他这样的人，他们会帮我的。我认得出来。我只需要对他们说："阿玛亚表弟的朋友，住在帕拉达，1958 年在贝尼多姆惹过麻烦。"他让我牢牢记住这句话，他补充说不能告诉任何人他在这里，不能对任何人说，千万要躲开奥乔那帮人，他们听起来像是马洛奇罗一类的表兄。一想到马洛奇罗不是一个人，我就有点害怕。

在离开之前还有最后一件事要做，就是再看一次加油站，因为我不知道我什么时候回来。利用这个机会，我要取回藏在地板下的杂志，我没对马迪说。他允许我第二天早上不用工作，我谢过他，然后整晚两个人没再说过话，因为我们该讲的都讲完了。

▶▶

　　我很早就离开了，趁着天气不太热，在日出不久之后我就开始下坡，半路停下来吃了一块奶酪和面包。整个山谷的气息朝我扑面而来，仿佛是在欢迎我，岩石、冷水、百里香、卡车机油的味道混杂在一起。我感觉很好，甚至睡着了片刻，醒了后我继续上路。不久之后加油站出现在白色小路的终点，还是我离开时的那个样子。

　　我当然不能在父母面前出现，他们不会让我再次离开的。我只想见见他们，让他知道我一切都好。马迪试着用小折刀削了一支旧铅笔，然后帮我写上："我很好。"我们犹豫了一下这几个字是否写对了，最后我们决定不改了。纸现在就在我的口袋里。

　　我在树木旁边停下来，我不想走得太远，怕被发现。卧室的百叶窗关着，一切一如以往。天气很热，山谷里的夏日是漫长的，它也不愿意离开，在这里舒服地待着，就像我一样，没有想太多。

一辆红色的汽车停在工作室旁，我认出来是巴雷姆的肉店女老板，吉拉迪的遗孀，我想走近点，看看商店内部，我注意到母亲在整理柜架上的饼干。她穿着翻领的黄色毛衣，每次抱着我时，她这件衣服总是带电。我心头一紧，差点跑过去见她。我只能控制住自己，不知道我怎么做到的。

之后我看到吉拉迪夫人从后面的工作室出来。她左右看看，拉扯了一下衣服然后上了车。她系好安全带，调整座位，重新启动，然后把车开走了。我的父亲出现在门口，他左右看看，接着又回到昏暗的工作室。

我母亲终于整理完了柜架，也就是说接下来她要喝茶了，她消失在后门，上面写着"私人房间"。我的心怦怦跳。我蜷成一团，一溜烟来到商店门口。不按门铃是打不开门的，于是我把纸条塞到门缝里，然后跑到森林里，一路都没有回头，因为我害怕自己会停下来。我越走越快，然后使尽全力跑起来，直到跪在地上，上气不接下气。我意识到我忘了把杂志拿出来。但太晚了，我觉得好难受。

上坡的时候我想到了母亲，她那好闻的洗发水香味，她那带电的拥抱，流在我脸颊上的眼泪。当我说我信守承诺不再哭泣时，我撒谎了。

▶▶

我拖着沉重的身躯爬上了高原，太阳落山了，风刮得我有点发狂。旅行让我筋疲力尽，我肚子很痛，但同时疼痛让我感觉很好。我并没有急着回马迪家，我闭着眼睛走了一会儿，然后倒着走了一会儿，最后正常走到了终点。

我回来时，一个人都没有。我大喊了一声，听到阿尔巴在后面大叫，我围着房子转了一圈。马迪站在奶酪房的门槛上，他正在给一个人找零钱，那个人买了一盘奶酪。我给他一个信号，去饮水槽洗把脸。那个人拿着奶酪从我面前经过，我们点头示意。我比较注意，不让自己太受人瞩目。

我在厨房里找到了马迪，他正在切洋葱，我坐下来，什么都不说，因为我知道帮不上他。他不让我玩弄他的刀。他把洋葱圈放入橄榄油中，然后擦了擦手。在煮饭的过程中，他去门槛点燃了半支烟。

他深吸一口气，好像要把高原上整个空气给吸干。随后从鼻子出气，他知道这样很好笑，就像他身体内部着火了。后来他转过身，对我说：

"那个买奶酪的家伙就是你女朋友的父亲。"

第十九章

在我离家出走之前，如果遇到情绪激动的情况，我可能会大喊大叫、狂笑，或者焦虑症发作。但我现在不会再这样了，也许是因为我改变了。我点了点头，然后坐在木头大桌子旁。

真的很有趣，我想到了一出电视上看过的话剧。它就在我最爱的佐罗之前放映，我什么都看不懂，但因为很无聊还是会看。我特别喜欢看布景的更换。舞台后方闪闪发光的城市，乡下蜿蜒的山谷，帘幕一拉，天就黑了。真是太妙了！

我脑子里正在上演这一幕。当我决定离开时，薇薇安所在的背景已经下场，接下来的一幕发生在遥远的海边，一条丘陵脊背上的山路，露营者张开双臂迎接我，因为我是马迪的朋友。海的那一边又是什么，谁知道呢？肯定有其他背景在幕后等着我让它们上台。

马迪的一句话搅乱了一切。忽然，薇薇安的背景又搬上了舞台，把大海布景挤了下来，黄色的高原、刺眼的阳光、新鲜的溪水、岩洞、屋顶破了的小屋、马迪的小木屋，还有一群像云彩的羊。

也许是我的表情太古怪，马迪给我倒了半杯白酒，我一口气喝完了。一开始没什么感觉，突然胃部一团火直冲喉咙。这感觉既可怕又美妙。我现在明白为什么马迪这么喜欢喝酒了。我看了眼杯子，想再来一杯，马迪摇了摇头。

我们吃了面包片上的洋葱，有点烤焦了，但还是很好吃。随后我们用凉水洗澡。一切都是默默在进行，我没有说一句话，自从马迪宣告女王薇薇安全家都回来后。

我用袖子擦了擦嘴，站起来，天空是紫色的正方形。马迪没有问我要去干什么，我没有对他说我要去看薇薇安是否回来了。没必要说出口，两个人都心知肚明。

我是天黑前到的。窗户都打开了，而且都亮着灯，我觉得很吃惊。被森林簇拥着的屋子看起来的确像一座城堡。门口有一辆蓝色的4L越野车停着，我马上认出这就是今天早上在加油站见过的那辆车。

我从树林里来，不想被人发现，因为我违背了向薇薇安许下的承诺，跑来她的住处。一开始我认出了之前见过的人，她父亲正从车子上卸东西下来。我屏住呼吸，我肯定他是一个人来的。现在学校开学了，薇薇安不可能在这里。我把额头靠在松树的树皮上，看着一只蚂蚁在搬运一粒种子。如果我有一根火柴，我会把它点燃。

接着她就出现了，她的身影靠在二楼的窗户上，我一眼就认出来了。我躲在树后，观察她黑漆漆的身影许久，我可以用我喜欢的她身上的部分将这块黑影填满、上色，最后还可以在她的眼睛里加上一笔疯狂。

她的影子消失了。我还待了一会儿，不想让她一个人入睡。后来我回到了自己的羊圈，找了一些小石子，堆成一个巨大的箭头形状，指向马迪家。我的箭头有些扭曲，我花了好长时间才摆直，但天色已晚。不过只有马迪住在这个方向，不会搞错的。如果薇薇安第二天来，她马上会明白去哪里找我。

我回到马迪家，微笑着入睡。然后我睁开眼睛，眨了三次。在一切都要好起来的时候，千万不要招来灾难。我没必要逞强。

▶▶

第二天，她没有来。我极其不耐烦，对羊群肆意蹂躏，有一头羊居然咬了我，马迪哼唧了几句，说我最好什么都别做。无所谓，这样才能打发时间，我没有一心两用。

晚上，马迪让我不要担心，他用他的方式——最少的话语——告诉我，女人是很奇怪的。我早就知道了，但这丝毫没有安慰的效果。他们也许去买东西了，所以薇薇安没有来。另一方面，她也不会待很长时间，因为她本应该在学校的，为什么要浪费宝贵的一天呢？我和她本可以在岩洞里待上一下午，互相讲述上一次见面之后发生的事情，我有太多事情要告诉她。我是怎样逃离警察的搜索，撕碎了她的信件，差点因为饥饿死去，在日历上数日子，遇见了麦克雷，回到加油站看到我父母，喝酒，照顾羊群，决定出发去海边。她会说她很无聊，会借此机会发明新的游戏，会说很抱歉写了一封我看不懂的信，并问我是否愿意住在她巴黎的家中，她跟她的父母说过了，他们同意了。

第二天，她还是没有来。我受够了，整个夏天积累的郁闷爆发出来，这一次我决定放手一搏。

▶▶

薇薇安回来后的第三天，我一大早出发，藏在森林后面，监视她家的房子。她的父亲走出来砍柴。他是一个严肃的小个子，看起来不太自在，高原和山脉让他看起来很渺小，我时时刻刻都在等他摔倒。

将近中午时分，我靠在树桩上打盹儿，突然听到了一些声音。是薇薇安跟她的母亲一起从她家的屋子出发。她们抄了草原的小路，在草丛里留下了痕迹。她们去马迪家买奶酪。

她们已经走得很远，而我又不能被发现，所以我必须赶在她们前面到达。薇薇安不知道我在马迪家工作，她如果在那里找到我肯定会吓一跳。我会做出无所谓的样子，瞅她几眼，然后装出努力回想的样子："啊，你是那个我们一起玩过的……你的名字是啥来着？"

我拼命地跑，想超过她们。当我突然蹿出来的时候，马迪看了我一眼，什么都没说，我整个人瘫倒在地。时间刚刚好。她们两个人的身影出现在天边，我正好有时间去脱衣服，跳进水槽，然后把身上擦干净。我的 T 恤湿透了，但没办法，我只能继续穿上。我把头发梳到后面，让自己看起来更成熟，我靠着墙站着，看着自己的指甲。

与此同时，她们绕过了羊圈，直接朝奶酪房走去。薇薇安穿着蓝色的羊毛开衫，这衣服太适合她了。她的头发自从上次见面之后长长了点，她的刘海有些凌乱，看起来比较狂野，刘海下面的眼睛还是那么有神。她的母亲和她长得很像，很美很瘦，但没有薇薇安的活力，很难注意到站在薇薇安身旁的她。

我又看了一眼我的指甲，还吹起了口哨，让自己显得酷一点。这个狡猾的小动作让我看起来心不在焉。薇薇安的母亲看着我笑了，薇薇安开口说："哦，你好，还好吗？"然后她们继续前行，没有把我放在眼里。

我在那里就像个笨蛋，我看指甲的动作，还有我的口哨声。

我感觉重新经历了麦克雷那一幕，只不过我很清楚薇薇安认出了我。于是我大喊"喂！"然后追上了她们。

两个人转过身，她们的笑容都一样。我们相视无语，她母亲皱着眉头。我对薇薇安说：

"是我啊，贝壳！我们一起玩过。"

薇薇安回答：

"是的，我记得，玩得还算开心。"

她点了点头，然后朝奶酪房走去。我听到她母亲问她"这人是谁啊"，薇薇安耸了耸肩。她们走进了房子里，我一个人留在外面，听到她们笑出了声。

▶▶

现在回想起来，我感到很羞耻。我讨厌过薇薇安。我浪费了时间去讨厌她，就是如此。我恨她跟爱她的程度是一样的，我最爱的朋友，我现在恨她的程度就跟恨麦克雷一样，或者说更甚，因为麦克雷至少没有背叛我。他嘲笑过我，打过我，在其他人面前羞辱过我。这很正常，我们都明白，一切都没有变。我们不会假装爱过，然后第二天像路人一样陌生。

我甚至想杀掉她，就像杀掉麦克雷那样，但突然胃部像被人打了一拳一样，我跪倒在地，哆嗦起来，幸好没人看到我。我没法伤害薇薇安，光是这个想法就被我的身体排斥，我很想吐。为了在她出来时避开她，我站起来，仓皇而逃。

薇薇安让我很难过。我习惯了，我身边的人从小时候开始就对我如此，只不过他们不是故意的。也许，她也不是故意的。

但这不会改变一切，我很生气，找不到更好的方法去发泄，我要去洗劫她的房间。

第二十章

出发之前，我并没有详细的计划，但我运气很好。她父亲刚刚开着 4L 越野车朝山谷的方向走了。出于谨慎，我等到他的车完全消失后才露面。我是跑着过来的，但我注意到我没有喘气。自从来到高原后，我的身体变得强壮了。

我绕着薇薇安家的屋子转了一圈，想打碎一扇窗户闯进去，但没必要这样做。二楼有扇窗户是打开的，那是某种方形的天窗，旁边正好有个水槽。我像猴子一样爬上去，来到屋内，站在一间小小的浴室里。浴室闻起来还是全新的，这个味道让我想起加油站的工作室，我们把旧墙纸换成了有棕榈树图案的瓷砖。我父亲说随着时间的流逝，工作室的瓷砖会让人感觉像是在海滩。这让我们笑出声来。

我从楼梯走下来。只有两扇门，还有一个楼梯通往石砌的房间。第一扇门的房间里乱七八糟的，有一个打开的大箱子，男人和女人的东西混在一起。床还没有铺，实在是太乱了，我只能关上门。出于好奇，我重新打开门，但还是那样。我知道之前她的说法是假的，什么可以自己移动的房间，吊灯也不是月光石做的，就是两根线吊起来悬挂在天花板上。

第二个房间整理得非常整齐。这很正常，这是薇薇安的房间，我马上认出了挂在椅背上的裙子。房间闻起来很新，有一股防腐剂的味道，我不太喜欢，它让我回想起学校的医务室。每次被殴打后我就会被送到那里，吉雅科美利夫人甚至有专门给我用的消毒剂，不会那么刺鼻，但也不是完全不刺鼻。

薇薇安有她自己的浴室，我想这就是所谓的"奢侈"，但我嗤之以鼻。透过窗户看过去，果然我之前猜对了，这就是正对森林的卧室。

　　然而这个房间跟我想象中的一点儿都不像。这不是一个女孩的房间。我在加油站有一个男孩的卧室，里面有汽车模型、特种部队玩具，枕套上印着飞机的图案，还有一句广告词："AMORA 提供最好的早餐"（事实的确如此）。这里没有粉色的东西，没有玩偶，没有花。只有一张床，一个书桌，一个衣柜，全新的木头闻起来就像是潮湿的森林，任何人都可以住在这个房间里。

　　我靠近书桌，上面放着一个笔袋和一个作业本。我马上认出了薇薇安的字，她的字体是斜的，像是在山坡上跑步的人，跑得很快，以防跌倒。她只盖住了半边本子，另一半是空的。我拿起了她的笔袋，想扔在地上，想推翻书桌，还有衣柜，我要把床整个掀起来，把房间里的东西全部翻个遍。

　　然而我只是轻轻地放下笔袋。在来的路上，我的怒气发泄得差不多了，它应该是在苜蓿花上晒干了，因为我身上已经没有怒气了，我的额头和肩膀上也没有了。我没有洗劫薇薇安的卧室，我什么都没有碰，也没有弄翻或者推倒任何物件。我就坐在床边，这样很好。

我被一阵声响吵醒，一开始还没弄明白自己在什么地方。我直起身，屁股下面是薇薇安的床。我躺下来思考片刻，闭了一会儿眼睛，因为眼睛很疼。

我居然睡着了，还睡了好一会儿，因为太阳已经下山了。"笨蛋。"我听到楼梯传来的声音，台阶咯吱响，脚步声越来越近了，这人走路有点拖拉。我马上从床边跳起来，转过身，门开了。

薇薇安看到我时吓了一跳。她把手放在嘴巴上，我一动不动，就像被我父亲用枪瞄准的狐狸。我看了一下窗户和门，很想滚到床底下，缩成一团，闭上眼睛，让这一切都消失，让别人找不到我。

她关上了门，转过身。我深呼一口气。她从没有这么美，这么有女王范儿，蓝色的羊毛开衫衬着她金色的头发，我从没有觉得自己如此愚蠢，如此肮脏，如此像加西亚中士。

"你在这里做什么？"她问道。

我看得出她生气了，但是她一开口，便是美丽且嘶哑的嗓音，她如此镇定，一如既往地让我感到害怕。

我嘀咕了几句，愤怒地眨了眨眼，在原地转圈。她走过来，抓住我的手臂，摇晃着我：

"你违背了你的誓言。"

我一下子抓狂了。

"不！是你抛弃了我！你才是叛徒！"

她咬住苍白的嘴唇，然后越过我来到窗户边，看着外面。她母亲在打扫房子边上的果园，薇薇安示意我小声说话。

"我给你留了一封信。我跟你解释过我们要比预计的时间更早返回巴黎。"

于是，我就像是个傻瓜，我没法告诉她我看不懂信。于是我说了一些乱七八糟的东西。

"我没找到。"

"你找到扁豆了吗？"

我仔细想了一下，真该死，撒谎太复杂了。

"是的，但是没有信。"

她走过来，几乎在发抖。我低下头，看见她的左手握成拳，右手张开，这情景实在很好笑。

"我说过永远不要试图找到我。"

"但我想见你。"

"是我来见你。你要等我！你答应过的，撒谎的人！"

"你才是撒谎的人！你的城堡在哪里？会变化的房间在哪里？装满太阳豆的床垫在哪里？"

"在这里！"她大喊一声，双手挥舞着，"你不明白吗？"

她朝窗户外面看了一眼，声音稍微小点，但仍是一副怒气冲冲的样子。

"在这里，在你的周围！你看不见是因为你进来的时候破除了魔法。只要你看到了，一切就会恢复原样。"

我闭嘴了，觉得自己真是太凄惨了。是的，她跟我讲过。她说得很符合逻辑。

"但你是女王，你可以……"

"结束了。我跟普通人一样了，一个无聊的女孩。魔法破除了。你现在回家吧，一切都毁了。"

我表示不服。对我来说，她还是女王。薇薇安冷笑着，她说如果我还相信，那么我就什么都没明白。

我朝她走过去，她往后一跳，我也往后一跳。我吓坏了。幸好她没有枪，不然我以为她会杀了我。

"你会来见我吗？"我问道。

薇薇安闭上眼睛，然后摇了摇头说：

"你回家去。"

她消失在那个奢侈的浴室里，我听到门被上锁的声音。

▌❭

　　我从正门走出去，直接回到马迪家。我当然很难过，但从某种程度上来说，我感觉更好了。薇薇安给我留下一封信，告诉我她要离开，她没有抛弃我。是我把信撕碎了，如果我没有撕碎，还可以请马迪帮我读。这样我就不会去城堡，我就不会破除魔法。我接受这一切，这样总比蒙在鼓里好，我的大脑没法理解太复杂的东西。是我背叛了薇薇安，而不是她。是我犯的错，这让我很安心。因为一直以来都是我的错，我已经习惯了。

　　我想就是这里了。我从刺着脚踝的干草穿过去，从男孩成长为一个男人。这一切都太简单了。我只能接受薇薇安的愤怒，还有她的友谊。它们都太美了，因为都是来自她身上。我只需要默默欣赏。

到家后，我把一切告诉了马迪。他说他们家也有一位女王，他了解这一切。女王们就是如此，我们没办法。

我宣告说，我第二天早上出发。他耸了耸肩，这是他在说"好吧"。他面向我，从口袋里拿出漂亮的小刀，放在我的手里。没必要相视而笑，我们都相信自己是强大的。

我去准备东西，其实就是那件壳牌夹克衫，我的大脑在准备换背景，重新上演大海那一幕。

这一切还是太沉重了。

尾声

一阵阵热风让人以为夏天回来了。

夏天不会再回来。所有的季节都在撒谎。

第二十一章

我希望会下雨。我太希望下雨了，以至于真的下雨后，我不知道怎么让它停下来。这场暴雨是粉红色、绿色、蓝色的，它是万事万物的颜色。它让鸟儿瞌睡。下了不知道多长时间，老人们说从没见过下这么久的雨。他们谈论他们的祖先、上帝，就是没有谈到下雨的幕后指使人——我。我叫来了雨神让他清洗一切，我站在高原中央，我笑啊笑啊，大雨把我的敌人、那些从不信任我的人都带到了山谷里的愤怒河里。我看见一双小丑鞋，马洛奇罗再见！接着我看见了一条蓝色的裙子，就在那时我想让雨停下来，但太晚了，于是我潜入河中去找那条裙子。

▶▶

我在床上坐起来，为了不呛到水，我深呼一口气。外面大雨如注，我的脸上有几滴水，因为我睡在窗户边，忘记关百叶窗了。我恢复了呼吸，跪在床垫上，看着外面的暴风雨。每一次闪电，都可以照亮整个高原。夏天走得更远了。

我总是喜欢窝在床上听雨声，感觉什么都不会发生在我身上。我想到可怜的兔子、狐狸，还有鸟儿，它们恳求雨快停下来。我想这场雨不会持续很长时间，明天我出发的时候希望能出太阳。

突然又有一道闪电，我叫出声来，因为薇薇安刚刚走进我的房间。马迪没有走出他的房间，但我看到他昨晚拿了酒瓶进去。薇薇安的穿着跟今天早上一样，只不过她在发抖，她让我想到了《猫和老鼠》里的一集，汤姆被迫脱掉皮毛才能脱身。

她的头发紧紧贴在脸上，脚底是一片水洼，她喘着气，一只手拳头紧握，另一只手张开。她还在生气，她总是这么强大，我看着她一句话不说，仿佛她出现在这里很正常。

"你真的想要我重新成为你的女王？"

"当然。"我回答。

"你准备好了去证明你的决心吗？不惜任何代价？"

她走出门，没有听我的回复。我穿上壳牌夹克衫和鞋子，鞋底黏在一起，我分不清左右，就这样跟在她身后。

雨没那么大了，我们在暴风雨的尾巴上。我差点开口问她我们去哪儿，但我克制住了。跟她在一起很开心，就像以前那样，不用开口用愚蠢的问题搞砸这一切。于是我说道：

"我梦到下雨了。也许我有能力，就像你可以操纵风一样。"

她继续走，没有回答我。也许她没听见。我一开始以为我们要去岩洞，但她没有让我转圈。我看不清地面的路，高原一片漆黑，没有闪电，仿佛一切都不存在，只有我们两个人。夜晚如此美丽，很容易让我误以为我们并不在那里，而是想象出来的情节。

没过多久，我们来到一个地方，我认出来了。高原中央一个比其他地方高一点的丘陵，顶上有一堵废弃的墙。薇薇安在夏初的时候带我来过，我们在这里玩过，她称之为忏悔之地。我们从一边平坦的山坡爬上去，从另一边陡峭的山坡滑下来，脚下是一块石板。薇薇安说至少有二十米高。

她向我解释这座丘陵其实是一个巨人，是她把他变成了石头，因为他对她不礼貌。她不想说他做过什么。我猜测他应该试图看她裙底，因为我想象不出比这个更无礼的行为。巨人就这样倒下了，另一边的山坡开始长草。薇薇安说某一天她会让他恢复原样，但目前来说，他必须反思一下自己的行为。

我们爬上了山丘。我在草丛里行走，膝盖被剐伤了，但薇薇安还在继续，我就装作什么都没发生，然后抓住了她的手臂。我们一直走到山顶，然后一言不发等雨停，脚下是二十米高的丘陵。薇薇安看着前方，转过头，终于开口了。

"除非有人牺牲，不然我没法成为女王。"

我说：

"什么？"

"如果你想要我重新成为女王，你就必须证明你是服从我的。你必须跳下去！"

我闭上眼睛，一片漆黑，我看不见下面，该死，太高了，我从来没有试着从这么高的地方跳过，这样会摔断脖子的。

"如果我跳下去，一切会恢复到以前？"我询问，不是很确定。

"是的。"

一道闪电划过天边，既扭曲又邪恶，它钻到地下，把一切都照亮了。大地在尽情地喝水，喝啊喝。云母片在岩石上发光，我以前一直以为它是黄金，把它藏在床底下，被人发现后，我被好好修理了一番。

　　我身体的一部分对我说不要这样做，这太蠢了，但说到底，她的要求是符合逻辑的，我喜欢符合逻辑的事情。我看着薇薇安，她也看着我，下巴抬得稍微高了点。她的嘴唇动了一下，好像想说些什么，但是最终她闭上了嘴巴一言不发。最后，我决定听从内心的声音，往前踏了一大步。

　　我不知道薇薇安是否真的以为我会跳下去，因为她尖叫了，她试着抓住我，我感觉在我坠入黑暗之前，她的手指划过我的袖子。然后是漫长的黑夜。在梦里飞翔的感觉很舒服，我看见薇薇安的身影越来越亮，上面还有星星。

　　突然我害怕了，一瞬间我忘了自己在做什么，像个傻瓜一样落了下去。我希望有个说得过去的理由，不会像那次爬加油站后面的山坡一样，不然我会被揍一顿。我将自己抱成一团。

　　等到害怕的感觉消失，我又想起来了。我落在星空里，太美了，美到我无法呼吸。我停下来只为了看星星，我试着抓住它们，但没用。我最后一次转过身，感觉背部有个坚硬的东西，我的身体变得很长，我感觉碰到了山脉的另一边，高原的另一边。

突然我缩成一团，就像是一把叉子跟石头起了共鸣，我很痛。那是无法想象的疼痛，没有颜色，一片惨白，让我什么都看不见。我从没有这么大口呼吸过，可只出来一丝气息，还有谎言、侮辱、蜡烛上巧克力的味道、菊苣根的味道、红色的甲虫、棉花的手感，这一切都喷涌而出，剩下一个空壳的我。我听到尖叫，凌乱的脚步声，薇薇安的脸出现在我上方。她在哭，雨滴和泪水混杂在一起，淋湿了她白皙的脸颊。

"对不起，对不起，对不起。"她说个不停，"对不起，贝壳，我不想的……我太残忍了。"

我突然得到了启发，我明白了"残忍"一词的意义，为什么加油站那个人喊我"残忍的浑蛋"。从那以后我再也没有烧过一只昆虫。

薇薇安继续哭，她说一些我听不懂的话。她想扶我起来，但我哼唧着，因为实在太疼了。我晕过去了一阵，等我再睁开眼睛，她躺在我身旁，她脱下了蓝色的毛衣开衫，为了把我的额头垫起来。

我看见了她的胳膊，上面全是瘀青，直到肩膀那里。她的手肘和手腕上绑着巨大的绷带，上面有黄色的消毒水痕迹。我想开口说话，但只有微弱的气息。薇薇安靠近了我，她的耳朵很漂亮，她就像马迪的地图一样美。我想再次开口，使尽全力，巨大的金属块弄伤了我的嘴唇。我问她怎么变成这样的，她告诉我不要担心，她在人行道摔了一跤。这也解释了为什么她没有去上学。

她继续哭，我们两个人看起来真够糟糕的，陷在泥浆里，骨子里发冷。

"这一晚太糟糕了。"我的声音很好笑。

她笑了，回答说"是的"，这一晚太糟糕了。然后她把手放在我的脸颊上，捏紧了我的脸，让我的嘴巴变成了尖尖的模样。

"贝壳，我们会走出这里，你和我。"

"你和我？"

"是的。"

"你的父母呢？"

"我母亲不会在乎的。"

"你的父亲呢？

她朝地上吐了一口痰，差点吐到我身上，好像我不存在似的。

"他不是我父亲。"

"好的，我们去海边吧。我知道路。你喜欢吗？"

她笑了，点点头，擦了擦鼻子。

我站起来，握住她的手，一起出发，我们跨过丘陵，来到海边，太阳刚刚升起，我们把脚放在海浪里。大海比我想象的更美，薇薇安在我怀里蜷成一团。我们现在可以互相触摸了，她又是女王了。

但事实并非如此。因为我动不了，我们两个都很清楚。我躺在泥浆里，薇薇安靠着我，轻轻啜泣。她把手放在我的头发里，然后把头发拨到了脑后，她咯咯地笑，就像我刚刚认识她时那个样子。

"你真的很像狄亚哥·德·拉维格先生。"

她一下子变得严肃起来，用奇怪的眼神看着我，我意识到自己感觉好多了，没有那么疼了，我只是很困，这是我这辈子最大的倦意，甚至比熬夜等圣诞老人还要困。那次我最后还是睡着了，我运气不好，他是在我睡着之后来的，我错过了他。他不想打扰我，给我留下了一块电路板。结果我父亲不小心踩在上面给弄坏了。

"别担心，贝壳，我去找人。"

我想拉住薇薇安，但做不到。我没法开口，向她解释说我不担心，相反，我感觉很好。只是很遗憾，我父亲弄坏了那块电路板。

当我重新睁开眼睛，只剩下我一个人。我想起在小屋里发烧那一次，只不过这次我知道薇薇安会回来，但我可能等不到她了。

我不害怕，我是加油站库尔图家的儿子，那个永远不会长大的儿子。我笑了，山谷里的人应该能听到我的声音。巴戴医生搞错了，其他人都错了。在这个高原上，我长大了。多亏了薇薇安，我变得强大，我一只手摸到了天空，另一只手摸到了大地。这个世界找回了它的女王，这一切多亏了我。

天亮了，一阵阵热风让人以为夏天回来了。夏天不会再回来。所有的季节都在撒谎。我不知道为何，但我成功地坐了起来，背靠岩石，面向阳光。

▌▎

我最后一次闭上眼睛。我就像一堆沙子在风中摇晃，像夏天在海边度假时，堆得歪歪扭扭的城堡，其他孩子跑过来把它踢倒了。我看到了高原、山脉、加油站，屋顶上还有广告牌的印迹；母亲穿好了衣服，摇晃着父亲，让他从沙发上起来；我看见了我自己，漂亮的夹克衫上红一片、黄一片；我看见薇薇安在草丛里跑着。

就这样了。一切都好。

只剩下风还在吹，把这个故事里的我一道吹走吧。如果这个故事真的发生过。

Ma Reine by Jean-Baptiste Andrea

© L'Iconoclaste, Paris, 2017. Simplified Chinese edition arranged through Dakai Agency Limited

著作权合同登记号：图字 18-2018-319

图书在版编目（CIP）数据

　　而我只有你 /（法）让 - 巴普蒂斯特·安德烈
（Jean-Baptiste Andrea）著；陈潇译 . 一 长沙：湖南
文艺出版社，2020.2
　　ISBN 978-7-5404-8920-5

　　Ⅰ . ①而… Ⅱ . ①让…②陈… Ⅲ . ①长篇小说—法
国—现代 Ⅳ . ① I565.45

中国版本图书馆 CIP 数据核字（2018）第 278890 号

上架建议：畅销·外国文学

ER WO ZHIYOU NI
而我只有你

作　　者：[法] 让 - 巴普蒂斯特·安德烈（Jean-Baptiste Andrea）
译　　者：陈　潇
出 版 人：曾赛丰
责任编辑：薛　健　刘诗哲
监　　制：邢越超
策划编辑：马冬冬
特约编辑：万江寒
版权支持：辛　艳
营销支持：傅婷婷　文刀刀　周　茜
版式设计：梁秋晨
封面设计：尚燕平
封面插图：Amr Elshamy
内文排版：百朗文化
出　　版：湖南文艺出版社
　　　　　（长沙市雨花区东二环一段 508 号　邮编：410014）
网　　址：www.hnwy.net
印　　刷：北京中科印刷有限公司
经　　销：新华书店
开　　本：875mm × 1270mm　1/32
字　　数：81 千字
印　　张：6
版　　次：2020 年 2 月第 1 版
印　　次：2020 年 2 月第 1 次印刷
书　　号：ISBN 978-7-5404-8920-5
定　　价：45.00 元

若有质量问题，请致电质量监督电话：010-59096394
团购电话：010-59320018